BIBLIOTHÈQUE DRAMATIQUE

Théâtre moderne.

# LA DAME DE LA HALLE

DRAME EN 7 ACTES, DONT UN PROLOGUE

PAR

MM. ANICET-BOURGEOIS ET MICHEL MASSON

Prix : 1 Franc.



[MICHE]L LÉVY FRÈRES, LIBRAIRES ÉDITEURS
RUE VIVIENNE, 2 BIS.
PARIS — 1852

# PIÈCES DE THÉATRE

## PARUES DANS LA BIBLIOTHÈQUE DRAMATIQUE,

### FORMAT IN-18 ANGLAIS.

Le Gant et l'Éventail. . » 60
La Baronne de Blignac. » 60
L'Inventeur de la Poudre.» 60
Château des Sept-Tours. 3 »
Sport et Turf. . . . . . 2
Le Docteur Noir. . . . . » 60
Charlotte. . . . . . . . . » 60
Clarisse Harlowe. . . . » 60
Madame de Tencin. . . 5 »
Don Gusman. . . . . . . » 60
Le Bonhomme Richard. » 60
Gentil-Bernard. . . . . » 60
Échec et Mat. . . . . . . 1 »
Un Mari qui se dérange. » 60
Closerie des Genêts. . . . » 60
Une Chambre à deux lits. » 60
Les Demoiselles de Noce. » 60
Le Nœud Gordien. . . . » 60
Pierre Février. . . . . . » 60
Gibby la Cornemuse. . . 1 »
Le Lait d'Anesse. . . . . » 60
La poudre Coton. . . . . » 60
Diable ou Femme. . . . » 60
Un Mari fidèle. . . . . . » 60
Robert Bruce, opéra. . . 1 »
Marie ou l'Inondation. . » 60
Mystères du Carnaval.. » 60
Mademoiselle Navarre. » 60
Trois Rois, Trois Dames. » 60
Un Coup de Lansquenet. » 60
Irène ou le Magnétisme. » 60
En Province. . . . . . . » 60
Le Filleul de t. le monde. » 60
Le Fantôme. . . . . . . . » 60
La Reine Margot. . . . 1 »
Une fièvre brûlante. . . » 60
Bertram le Matelot. . . » 60
Alceste. . . . . . . . . . 1 «
L'Enfant de l'Amour. . » 60
Notre fille est Princesse. » 60
La Reine Argot. . . . . . » 60
Palma. . . . . . . . . . » 60
Un Docteur en Herbe. . » 60
La loge de l'Opéra. . . » 60
Ce que Femme veut. . . » 60
Léonard le Perruquier.. » 60
Le bouquet de l'Infante. 1 «
Un Coup de Vent. . . . . » 60
Père et Portier. . . . . . » 60
Le Chiffonnier de Paris. 1 »
La Vicomtesse Lolotte. . » 60
Le Trottin de la Modiste. 3 »
Les Nuits blanches. . . . » 60
Les Étouffeurs de Londres.» 60
La Bouquetière. . . . . . 1 »
Les Notables de l'endroit.» 60
Robert Bruce, drame.. . » 60
Pour arriver. . . . . . . » 60
Intrigue et amour. . . . 1 »
Un Mousquetaire gris. . 1 »
Le jeune Père. . . . . . » 60
L'École des Familles. . . 1 «
Le Chirurgien-Major. . » 60
Charlotte Corday. . . . » 60
Le Chev. de Maison Rouge. 1 »
Les Deux Foscari, opéra. 1 »
Les Chiffonniers. . . . . » 60

Isabelle de Castille. . . » 60
Le Réveil du Lion. . . . » 60
Le Chevalier d'Essonne. » 60
Les premiers beaux jours.» 60
Regardez, mais ne touchez pas. . . . . . . . » 60
Martin et Bamboche. . . 1 »
L'Ordonnance du Médecin. 60
Le Coin du Feu. . . . . » 60
Cléopâtre. . . . . . . . . 1 »
Jacques le Fataliste. . . » 69
Gastibelza. . . . . . . . 1 »
Une jeune Vieillesse. . . » 60
Les premiers Pas. . . . » 60
Jérôme le maçon. . . . . » 60
Jérusalem. . . . . . . . . 1 »
En Bonne Fortune. . . . » 60
Le Trésor du pauvre. . » 60
La dernière conquête. . » 60
Un Château de Cartes. » 60
Hamlet. . . . . . . . . . 1 »
Un Banc d'Huitres. . . » 60
Les Geais. . . . . . . . . » 60
Les Tribulations d'un grand homme. . . . . » 60
Journal d'une Grisette. » 60
La Marinette. . . . . . » 60
Les Mém. de Grammont. » 60
Lavater. . . . . . . . . » 60
Hortense de Blengie. . . » 60
Les Mousquetaires de la Reine. . . . . . . . . . 1 »
Marquis de Lauzun. . . » 60
Léonie. . . . . . . . . . » 60
Les Extrêmes se touchent.» 60
Amour et Bergerie. . . » 60
Le Fruit défendu. . . . » 60
Le Petit-Fils. . . . . . . » 60
Griseldis ou les Cinq sens. 1 »
La Clef dans le dos. . . » 60
Notre-Dame-des-Anges. » 60
Le Collier du Roi. . . . » 60
Gille Ravisseur. . . . . » 60
Un jeune homme pressé. » 60
Le pouvoir d'une femme. » 60
Le 24 février, à propos. . » 60
Vestris. . . . . . . . . . » 60
La Foi, l'Espérance et la Charité. . . . . . . 1 »
Un voyage sentimental. 2 »
Md. de jouets d'enfants. » 60
Une Poule. . . . . . . . » 60
Horace et Caroline. . . 1 »
Maréchal Ney. . . . . . 2 »
Eric, ou le Fantôme. . . » 60
Guillaume le débardeur. » 60
Le Démon familier. . . » 60
Un et un font un. . . . » 60
Les frais de la guerre. . 2 »
La niaise de Saint-Flour. 1 »
Marceau. . . . . . . . . 3 »
Un Déménagement. . . 1 »
Les prem. Coquetteries. » 60
Les Portraits. . . . . . » 60
La Marâtre. . . . . . . . 1 »
Le Morne au Diable. . . 1 »
Le premier Coup de canif. 60

Les Mystères de Londres. 1 »
Le chemin de Traverse. » 60
Le Lion empaillé. . . . 1 »
Les Parades de nos Pères.» 60
Le Livre noir. . . . . . 1 »
L'affaire Chaumontel. . » 60
Catilina. . . . . . . . . . 1 »
Les Fonds secrets. . . . 1 »
Les Sept Pechés Capitaux. 1 »
Les Deux font la paire. » 60
Un coup de pinceau. . . » 60
Macbeth. . . . . . . . . 1 »
Envies de Mad. Godard. 3
Vieillesse de Richelieu. . 1 »
Le Cuisinier politique. . » 60
Ile de Tohu-Bohu. . . . 3 »
Un vilain Monsieur. . . » 60
Le czar Cornélius. . . . » 60
Fualdès. . . . . . . . . . 1
Le Roi de Cœur. . . . . » 60
Les 12 Travaux d'Hercule. 60
L'Argent. . . . . . . . . » 60
Les Lampions de la veille. 1 »
Rage d'Amour. . . . . . » 60
Comment les Femmes se vengent. . . . . . . . . » 60
Les Marrons d'Inde. . . 2
Tout chemin mène à Rome. 60
Montagne et Gironde.. . 1 »
Le Caïd. . . . . . . . . . 1 »
Bon gré Mal gré. . . . . » 60
La petite Cousine. . . . . » 60
Pardon de Bretagne. . . 1
Foire aux idées. . . . . » 60
Orphelins du pont Notre-Dame. . . . . . . . . . 1 »
Le 24 Février, drame.. . » 60
La Popularité. . . . . . » 60
La pension alimentaire. » 60
Le berger de Souvigny. » 60
La Tasse cassée. . . . . » 60
Le Pasteur. . . . . . . . » 60
Mauvais Cœur. . . . . . 1 »
Une Dent sous Louis XV.» 60
L'Amitié des Femmes. . 1 »
Rachel ou la belle Juive. » 60
Habit, Veste et Culotte. » 60
L'Habit vert. . . . . . . 1 »
Vautrin et Frise-Poulet.» 60
La Mort de Strafford. . . » 60
La Danse des Ecus. . . . 1
2e No de la Foire aux Idées. 60
Louis XVI et Marie Antoinette. . . . . . . . . . 1 »
La Paix à tout prix. . . » 60
La Cornemuse du diable. » 60
Comte de Sainte-Hélène. » 60
Curé de Pomponne. . . . » 60
Gardée à vue. . . . . . . » 60
Les Monténégrins. . . . 1 »
Le bouquet de Violettes. » 60
Le Guérillas. . . . . . . » 60
Les Prétendants. . . . . » 60
Jobin et Nanette. . . . . » 60
Un Drame de Famille. . » 60
André Chénier. . . . . . 1 »
Elzéar Chalamel. . . . » 60

# LA DAME DE LA HALLE

## DRAME EN SEPT ACTES

DONT UN PROLOGUE

PAR MM. ANICET BOURGEOIS ET MICHEL MASSON

REPRÉSENTÉ, POUR LA PREMIÈRE FOIS, A PARIS, SUR LE THÉATRE DE L'AMBIGU-COMIQUE, LE 7 FÉVRIER 1852.

---

### DISTRIBUTION DE LA PIÈCE.

|  |  |
|---|---|
| LÉONARD, porteur d'eau, (père noble)........ | MM. SAINT-ERNEST. |
| LORRAIN, (premier comique)............... | CHILLY. |
| MAURICE, (jeune premier rôle)............. | ARNAULT. |
| JEAN-MARIE, (deuxième comique).......... | VERNER. |
| ARMAND, (jeune premier).................. | GOUGET. |
| EUSTACHE, (Trial)........................ | LAURENT. |
| GOBELIN, commissaire, (grime)............. | COQUET. |
| SAINT-JEAN, cocher, (troisième comique)..... | THIERRY. |
| LE MARQUIS, (deuxième père noble).......... | LYONNET. |
| CABOCHE, (utilité)....................... | CURET. |
| JOSEPH, FILS DE FRANÇOIS, (enfant)...... | VICTOR. |
| GERMAIN, (grande utilité)................. | DE PRESLE. |
| UN OUVRIER. | |
| UN SERGENT. | |
| UN BOURGEOIS. | |
| UN COCHER. | |
| FRANÇOISE LÉONARD, dame de la Halle, (grand premier rôle)............................ | Mmes GUYON. |
| GENEVIÈVE, (duègne)...................... | MÉSANGES. |
| LA COMTESSE, (mère noble).. ............. | LEMAIRE. |
| CORALIE, (jeune mère).................... | MARIE-CLARISSE. |
| LA MÈRE MORAND......................... | SYLVAIN. |
| JAVOTTE................................ | DAROUX. |

Porteurs et Porteuses d'eau, Bourgeois, Gardes Françaises, Pompiers, etc

Le Prologue se passe en 1781. Le Drame en 1786.

---

S'adresser pour la musique à M. Artus, pour la mise en scène à M. Monnet, régisseur, à l'Ambigu-Comique.

# PROLOGUE.

La rue de l'Echelle. A droite du public, une masure composé d'un rez-de-chaussée. L'intérieur, ouvert, fait face au public ; cette première pièce, pauvrement meublée, ouvre sur une deuxième chambre perdue dans la coulisse. Porte d'entrée sur la rue. Vis-à-vis la masure on voit la façade d'un hôtel ; au-dessus de la porte, un écusson armorié sous lequel on lit : *Hôtel de Salnelles*. Ce bâtiment fait saillie ; il laisse voir, face aux spectateurs, l'une des fenêtres du rez-de-chaussée et une croisée du premier étage. Toutes les fenêtres de l'hôtel sont fermées par des persiennes. Au fond et au milieu du théâtre, l'angle formé par l'embranchement de la rue de l'Echelle et de la petite rue Saint-Louis. Il est terminé par la fontaine dite de l'Echelle ; à gauche, au troisième plan, une troisième rue.

## SCENE I.

CABOCHE, JAVOTTE, PORTEURS D'EAU. (*Les porteurs d'eau sont groupés des deux côtés de la fontaine ; l'un d'eux vient d'emplir ses seaux. Javotte se dispose à le remplacer; Caboche se place devant elle.*)

CABOCHE.

En arrière, la Savoyarde, ce n'est pas encore ton tour.

JAVOTTE.

Pas mon tour !... j'étais la seconde, et en voilà six qui passent devant moi.

CABOCHE.

Comme de juste... Après nous s'il en reste !... Ou ben va à la rivière... tu es de la fontaine Traversine, tu n'as pas le droit de te fournir à la fontaine de l'Echelle. (*Il veut jeter au loin le seau de la Javotte.*)

JAVOTTE.

Ne touchez pas à ça !... Cré coquin, si j'étais un homme !

CABOCHE.

On ne connaît ici ni homme ni femme, il n'y a que des Auvergnats... tu n'es pas Auvergnat... en arrière !

TOUS, *faisant rétrograder Javotte.*

Oui, en arrière !... en arrière !

JAVOTTE, *résistant.*

Eh ben, non ! je ne m'en irai pas !... je demande la justice !

LÉONARD, *au dehors, à droite.*

A l'eau !...

CABOCHE, *regardant à droite.*

Tiens ! le v'là, le père la Justice... Léonard, l'ancien du quartier, Léonard, notre doyen ; il va t'expliquer le règlement.

## SCENE II.

LES MÊMES, LÉONARD, *portant ses seaux*.

LÉONARD, *gaiement*.

Qu'est-ce qu'il y a donc, les enfants? est-ce que la Seine est tarie, qu'on se chamaille à la fontaine?

CABOCHE.

Nous ne voulons pas qu'une Savoyarde empiète sur le privilége des Auvergnats.

LÉONARD.

Du calme, Caboche... l'Auvergne et la Savoie sont faites pour s'entendre; chacune a son patois, mais c'est tout de même du charabia.

JAVOTTE, *avec colère*.

Ces mauvais gars-là ne veulent-ils pas m'envoyer à la rivière, et ça, parce que je ne suis pas du quartier.

CABOCHE.

C'est le règlement qui le veut.

LÉONARD.

Très-bien; mais le règlement dit aussi qu'en ma qualité de doyen c'est moi qui me sers le premier toutefois et quante j'arrive à la fontaine.

CABOCHE.

Oui, c'est votre droit.

LÉONARD.

Je n'en ai pas encore usé; aujourd'hui je le réclame; et comme j'en peux faire la faveur à qui que ça me plaît, la chose est jugée, bâclée. Va, la Savoyarde, et fais bonne mesure à tes pratiques, je te cède mon tour.

JAVOTTE, *allant à la fontaine*.

Merci, père Léonard, je peux bien dire que je vous dois cette voie d'eau-là.

LÉONARD.

Tu ne me dois rien, petite, c'est ta part des biens de la terre; l'eau coule pour tout le monde.

CABOCHE, *aux autres*.

Voyez-vous, le doyen, comme il a un faible pour les jeunes filles!

LÉONARD.

Je ne dis pas non... ça me rappelle la mienne que j'ai laissée avec sa mère au pays.

CABOCHE.

Ah ! oui, la belle Françoise, comme vous la nommez.

LÉONARD.

Il n'y a pas que moi : c'est tout Clermont-Ferrand qui lui a donné ce nom-là... Dame ! c'est qu'on ne peut rien voir de mieux que ma Françoise !... ça a ses vingt-quatre ans, c'est riche de force et de santé... Un courage de fer, un cœur d'or ! et avec ça, c'est beau comme les anges du Seigneur, sage comme une sainte du Paradis, et bon comme le pain blanc... Tenez, les enfants, ce n'est pas parce que je suis son père, mais vrai, en mettant ma Françoise au monde, le bon Dieu, sa mère et moi, nous avons fait un chef-d'œuvre de la nature.

CABOCHE.

Si c'est comme ça, j'ai bien envie de vous la demander tout de suite en mariage.

LÉONARD.

Tu t'y prends trop tard, mon garçon, il y a plus d'un an qu'elle m'a donné un gendre... Oui... un nommé Maurice, porte-balle, un beau garçon, bien éduqué et rude travailleur, à ce qu'on dit, car je ne le connais pas... c'est Geneviève, ma femme, qui a tout arrangé... Françoise était folle de Maurice, il convenait à la mère, naturellement il m'a convenu aussi.

CABOCHE.

Vous ne connaissez pas votre gendre ! Ah ça, on ne vous a donc pas invité à la noce?

LÉONARD.

Si fait, mais le voyage coûte gros... J'y ai renoncé ; au lieu de ma personne, j'ai envoyé un petit cadeau au jeune ménage... ça leur a fait moins de plaisir, mais plus de profit. D'ailleurs, le jour de la cérémonie, j'ai eu ma part de fête... Le matin, j'ai fait dire des prières à Saint-Roch... et le soir, pendant que les autres s'en donnaient là-bas;... moi, tout seul, dans mon petit chez-moi, (*il montre la masure*) j'ai bu une vieille bouteille à la santé des mariés... ça m'a fait rêver que j'étais de la noce, et je crois, Dieu me pardonne ! qu'en dormant j'ai dansé la bourrée... (*Comme par souvenir.*) Mais à propos de chez nous... j'ai reçu tout à l'heure une lettre de Clermont-Ferrand ; voyons, y a-t-il quelqu'un d'assez savant ici pour me dire ce qu'il y a sur ce chiffon de papier?

CABOCHE.

Ce n'est pas moi d'abord.

TOUS.

Ni moi ! ni moi !

JAVOTTE, *qui s'est avancée.*

Service pour service, père Léonard; si vous voulez, je vas vous lire ça.

LÉONARD.

Bah! tu sais lire dans l'écriture, petite?

JAVOTTE.

Comme un vieux maître d'école.

LÉONARD, *aux porteurs d'eau.*

Et vous vouliez l'envoyer à la rivière! une fille qui sait lire! ça serait plutôt à nous d'y aller, ânes que nous sommes... (*A Javotte.*) La Savoyarde, à compter d'aujourd'hui, tu as droit comme les autres à la fontaine de l'Échelle, je te proclame Auvergnate. (*Il l'embrasse et lui donne sa lettre.*) Lis-nous ça, mon enfant; vous pouvez écouter, les autres; il n'y a pas de secrets dans la famille Léonard. (*A Javotte.*) C'est signé Françoise, n'est-ce pas?

JAVOTTE, *qui a ouvert la lettre.*

Non, c'est signé : Maurice.

LÉONARD.

Ça revient au même, c'est mon gendre. Pauvre garçon!.. il veut aussi me connaître... Ma foi, coûte que coûte, j'irai cette année au pays et je verrai enfin le mari de ma fille.

JAVOTTE, *consultant la lettre.*

C'est ce qui vous trompe... vous ne le verrez pas.

LÉONARD.

Comment?... est-ce qu'il est mort?... Non, au fait, puisqu'il a signé... on n'écrit pas ces choses-là soi-même.

JAVOTTE, *lisant.*

«Père Léonard, quand vous recevrez cette lettre, j'aurai quitté le pays et je serai déjà loin de ma bien-aimée Françoise... A Clermont-Ferrand, le commerce est à peu près nul, et aucun avenir de fortune n'est offert à mon ambition; je veux pour Françoise le bonheur et la richesse; je vais les chercher au delà des mers. Comme la petite pacotille que j'ai réunie a presque épuisé toutes nos ressources, c'est à vous que j'ai recours pour mon embarquement. Il y a à Paris un riche et puissant seigneur qui nous veut du bien, m'a-t-on dit; grâce à sa protection, je puis obtenir mon passage gratuit sur *la Vigilante*, en partance à Bordeaux. C'est dans cette ville que j'attendrai votre réponse; mais, favorable ou non, je m'embarquerai, dussé-je servir comme matelot pour payer mon passage. Je vous embrasse, père. Encouragez Françoise à m'attendre, et priez Dieu que la fortune me ramène; car je reviendrai riche, ou je ne reviendrai pas. Votre fils, Maurice.»

LÉONARD, *reprenant la lettre que lui tend Javotte.*

Pauvre Françoise !... C'est égal ! Maurice est un brave garçon... C'est bien ce qu'il a fait là !... ça prouve qu'il a du courage et du cœur.

JAVOTTE, *mettant les bretelles de ses seaux.*

Oui, mais v'là votr' fille quasiment veuve ; tenez, elle n'aurait pas dû laisser partir son mari... Que j'en attrape jamais un moi, je ne le lâcherai pas ! (*Elle sort.*)

## SCENE III.

LES MÊMES, *excepté* JAVOTTE.

(*Pendant ce qui suit, les porteurs d'eau vont à tour de rôle à la fontaine emplir leurs seaux, ils disparaissent successivement par les rues à droite et à gauche.*)

LÉONARD, *réfléchissant.*

Diable ! mon gendre compte sur moi pour lui faire obtenir son passage.

CABOCHE.

Ça vous sera facile, puisque vous avez la protection d'un grand seigneur.

LÉONARD.

Sans doute ; mais c'est que, pour l'instant, au lieu de venir en aide aux autres, ce grand seigneur-là aurait bien besoin d'être protégé lui-même. Celui dont Maurice veut me parler, c'est mon voisin d'en face, le marquis de Salnelles... Depuis un mois son hôtel est fermé, la justice a mis les scellés partout, et lui-même on l'a conduit à la Bastille, d'où, assure-t-on, il ne doit plus sortir.

CABOCHE.

C'est vrai, ça se dit dans le quartier... Qu'est-ce qu'il a donc pu faire, ce marquis de Salnèlles?

LÉONARD.

Il a écrit... je ne sais pas quoi ; mais faut bien croire que ça n'était pas beau, puisqu'on l'a condamné et qu'un chacun le blâme... excepté moi qui le plains et le regrette !... Dame !... c'est tout naturel !... je suis trop ignorant pour avoir pu lire ce qu'il a écrit de mal, et j'ai assez de cœur pour comprendre le bien qu'il a fait.

(*En ce moment une chaise à porteurs débouche par la rue, au premier plan, à gauche ; il y a une dame dans la chaise qui se dirige vers la petite rue Saint-Louis. En passant près de Léonard, la dame avance la tête et elle a un petit accès de toux. Léonard lève les yeux vers la dame ; il ôte son chapeau et la salue.*)

## SCENE IV.

LES MÊMES, CORALIE, *en chaise à porteurs*, PORTEURS DE CHAISES.

CABOCHE.

Tiens, vous connaissez cette belle dame-là, père Léonard ?

LÉONARD.

C'est une pratique à moi. (*Caboche va à la fontaine emplir ses seaux; Coralie rend avec la main le salut de Léonard et laisse tomber son mouchoir.*)

CORALIE.

Ah ! maladroite !... Arrêtez, porteurs. (*A Léonard.*) Veuillez ramasser ce mouchoir, mon ami. (*La chaise s'est arrêtée.*)

LÉONARD.

Tout de suite, madame, d'autant plus que c'est moi qui suis cause... (*Rendant le mouchoir.*) Madame s'est donc fait l'honneur de me reconnaître ?

CORALIE.

Certainement... vous êtes Léonard, mon porteur d'eau... (*Avec expression.*) Un honnête homme... un homme de cœur ..

LÉONARD, *confus.*

Madame... (*A part.*) Pourquoi donc me dit-elle ça ?

CORALIE, *changeant de ton.*

Vous demeurez dans cette rue, je crois ?

LÉONARD.

A deux pas du magasin de liquide... Voilà mon hôtel. (*Montrant la masure.*) Il n'y a pas de portier, c'est moi qui suis mon suisse.

CORALIE.

Et vous y demeurez seul ?... tout à fait seul ?

LÉONARD.

Régulièrement... à moins qu'un ami attardé... En ce cas-là il y a place pour deux.

CORALIE, *à demi-voix.*

Approchez !... (*Léonard, étonné, la regarde.*) Approchez donc !

LÉONARD.

Me voilà, madame !

CORALIE, *confidentiellement.*

Léonard, c'est vous que je suis venue chercher ici !

LÉONARD.

Moi ?

CORALIE.

Oui, pour vous dire : Soyez chez vous ce soir, à la chute du jour, soyez-y seul.

LÉONARD.

Ah ! et pourquoi ?

CORALIE.

Il y va de la vie de quelqu'un !

LÉONARD.

Suffit, madame, j'y serai !

CORALIE, *aux porteurs.*

Chez moi, mes amis, vous savez... place du Palais-Royal, vis-à-vis l'Opéra. (*La chaise à porteurs s'éloigne et disparait par la petite rue Saint-Louis.*)

## SCÈNE V.

LÉONARD, CABOCHE.

CABOCHE, *revenant de la fontaine.*

La ! vous v'là tout plein, père Léonard.

LÉONARD, *préoccupé.*

Hein ? tu dis ?

CABOCHE.

Je dis que pendant que vous causiez avec la belle dame, j'ai mis de la marchandise dans nos quatre boîtes.

LÉONARD.

Merci, mon garçon... (*A lui-même.*) C'est bien singulier tout de même... De qui donc mademoiselle Coralie a-t-elle voulu parler ? (*Bruit de voix dans l'hôtel.*)

CABOCHE.

Dites donc, on se chiffonne chez le marquis de Salnelles.

LÉONARD.

Bah ! tu crois ?

BONTEMPS, *dans l'intérieur.*

Quand je vous dis que c'est ma consigne.

SAINT-JEAN, *de même.*

Quand je vous dis que ça ne me regarde pas.

LÉONARD, *qui s'est avancé vers l'hôtel.*

Ah ! c'est Saint-Jean, l'ancien cocher qui est revenu chercher ses hardes et qui se dispute avec Bontemps le gardien des scellés. (*Le bruit des voix continue.*)

CABOCHE.

Le v'là sans place comme les autres cet ivrogne de Saint-Jean ; si on l'avait mis sous le scellé celui-là, quelle perte pour les marchands de vin ! (*Il sort avec ses seaux.*)

LÉONARD, *à lui-même.*

Ah çà, faut-il rentrer chez moi et attendre ?... Au fait mam'zelle Coralie m'a dit : A la chute du jour. Bon ! j'ai encore le temps d'abreuver une pratique. (*En parlant Léonard a repris son équipement de porteur d'eau. Il sort en criant :*) A l'eau !

## SCÈNE VI.

SAINT-JEAN, *seul; il sort de l'hôtel avec un paquet sous le bras et en fermant la porte sur lui.*

A-t-on vu ce diable de Bontemps qui ne voulait pas me laisser emporter mes effets. Ça ne fait pourtant pas partie de la garderobe du marquis. Que la justice prenne tout au maître, je ne m'y oppose pas ; mais qu'elle respecte la défroque du cocher... C'est bien assez de perdre une si bonne place. (*Contemplant l'hôtel.*) Était-on heureux là-dedans !... rien à faire qu'à toucher ses gages... le fourrage à discrétion... et une cave... Dieu ! quelle cave !...

## SCÈNE VII.

SAINT-JEAN, LORRAIN, *en petit manteau de voyage. Il a paru au fond; il s'oriente, examine l'hôtel, puis il avise Saint-Jean.*

LORRAIN, *à part, regardant Saint-Jean.*

Encolure vulgaire, les jambes avinées, un paquet sous le bras... l'attitude mélancolique d'un cocher mis à pied, c'est mon homme !

SAINT-JEAN, *à lui-même.*

Pauvre marquis de Salnelles, qui est-ce qui va boire son vin à présent que je ne suis plus là... (*Il soupire et ouvre machinalement sa tabatière.*)

LORRAIN, *qui s'est avancé, puisant dans la tabatière.*

Nous prenons donc du tabac ? encore un vice !... Ce coquin-là les a tous... (*Aspirant la prise.*) Peste ! il est bon, où l'as-tu volé ?

SAINT-JEAN, *offusqué.*

Monsieur, savez-vous bien à qui vous parlez ?

LORRAIN.

A maître Saint-Jean, cocher de son état, paresseux par goût, ivrogne de naissance... compromis dans certaine affaire de paille et de foin... qui serait tout à fait un imbécile s'il n'était pas la moitié d'un fripon.

SAINT-JEAN, *riant.*

Ah ! farceur, tu me connais, tu dois être un confrère !...

LORRAIN.

Fi donc ! moi Gaspard Lorrain qui ai tenu à la magistrature comme clerc de procureur, aux belles lettres comme écrivain public, au commerce comme contrebandier... Apprends, faquin, à mieux respecter la distance, et ne t'avise plus de te comparer à un homme capable de mener dix intrigues à la fois, toi qui ne peux sans accrocher conduire tes deux chevaux.

SAINT-JEAN.

Pardon, j'ignorais... c'est que vous me parliez d'une ancienne affaire...

LORRAIN.

Oui... l'article paille et foin... ça s'est arrangé dans l'étude de mon procureur... ce diable d'homme avait un faible pour ceux qui mangent à plusieurs râteliers.

SAINT-JEAN.

Ah çà, n'allez pas me trahir... moi qui cherche une place... si l'on apprenait...

LORRAIN.

Je te prends à mon service.

SAINT-JEAN.

Vous?... Ah çà, M. Lorrain, vous avec donc maison montée à Paris?

LORRAIN.

Je descends de diligence... le pavé de la rue... voilà pour le moment mon unique pied à terre.

SAINT-JEAN.

Oui, mais demain!...

LORRAIN.

Demain?... je repars ce soir, et dans trois jours je m'embarque à Brest pour Saint-Domingue.

SAINT-JEAN.

Alors, vous désirez donc que je vous suive là-bas?

LORRAIN.

Pas du tout, c'est ici à l'instant que tu vas me servir.

SAINT-JEAN.

Combien monsieur compte-t-il me donner?

LORRAIN.

Vingt-quatre louis de gages.

SAINT-JEAN.

Par an?

LORRAIN.

Par jour... (*Lui donnant deux pièces d'or.*) En voici deux, tu es cocher, je te prends à l'heure, la première se paye double... dans vingt minutes tu pourras chercher une autre condition.

SAINT-JEAN, *ôtant son chapeau.*

Où faut-il conduire monsieur?

LORRAIN.

Là, dans cet hôtel... il faut m'y introduire sans bruit... me dire où je trouverai le testament de M. de Salnelles, et avant tout, me donner tous les renseignements dont j'ai besoin sur le fils du marquis.

SAINT-JEAN.

D'abord on n'entre pas dans l'hôtel... j'ignore s'il y a un testament ; d'ailleurs, depuis que Monsieur est à la Bastille, les scellés sont mis partout; enfin le marquis est garçon et je ne crois pas qu'il ait jamais eu d'enfants.

LORRAIN, *regardant Saint-Jean avec pitié.*

Double niais! avoir porté la livrée d'une maison et ne pas savoir un mot des secrets du maître; je crois trouver des renseignements auprès de lui, et c'est moi, un étranger, arrivant de Brest, qui vais lui en donner... oui, il y a un testament caché dans l'hôtel; oui, il y a un fils, un jeune homme, élevé en province, mais je ne sais encore dans quel collége ni sous quel nom

SAINT-JEAN.

Comment diable avez-vous appris tout cela?

LORRAIN.

Par mon maître, Monseigneur le duc de Salnelles.

SAINT-JEAN.

Le père de M. le marquis .. Ah! mais tu n'es qu'un domestique alors... (*Il remet son chapeau.*)

LORRAIN.

Depuis six mois, je suis le confident, le factotum intime de Monseigneur, je lui ai plu tout de suite... c'est un homme de goût... bref Monseigneur, sur le point de s'embarquer, avec la comtesse, sa fille aînée, pour aller prendre possession du gouvernement de Saint-Domingue, a reçu du marquis une lettre qui lui annonçait, et son arrestation, et les dispositions qu'il avait prises au moment d'être conduit à la Bastille. Le marquis de Salnelles écrivait au duc, mon maître, que par un testament, qui sera trouvé chez lui à la levée des scellés, il reconnaît ce fils dont on avait ignoré l'existence et à qui il veut léguer son titre et son nom. En outre le pauvre prisonnier, qui n'espère plus recouvrer la liberté, prie son noble père d'être à son tour le protecteur de ce jeune homme qui ne connaît pas encore son illustre origine.

SAINT-JEAN.

Ah! très bien!... le duc craint que dans la bagarre le testament ne soit égaré, il t'a chargé d'y veiller et de lui amener son petit-fils, avec la preuve de sa naissance... Tu vois, je comprends.

LORRAIN.

Tu ne comprends rien du tout... Monseigneur est trop fier de l'honneur de son nom, trop jaloux de la pureté de sa race pour introduire dans sa famille le fruit d'un amour illégitime. Voulant, au contraire, qu'il ne reste aucune trace des droits de l'héritier du marquis, mon maître m'a ordonné à tout prix, à tout risque, de m'emparer du susdit testament. Si je réussis dans cette entreprise, si je rapporte à Saint-Domingue cet acte compromettant pour l'orgueil de la noble maison de Salnelles, j'aurai gagné dix mille livres.

SAINT-JEAN.

Et si tu ne réussis pas?

LORRAIN.

Le crédit de Monseigneur sauvera son émissaire; d'ailleurs avec l'aide de ce brave Saint-Jean...

SAINT-JEAN.

Oh! non, ne compte pas sur moi. Chacun a sa partie, tu es pour les grandes opérations, moi je ne travaille que dans le fourrage.

LORRAIN.

Mais tu as reçu deux louis pour diriger mes recherches... au moins, pour ce prix-là, tu me dois une indice.

SAINT-JEAN.

Tout ce que je sais, c'est que le cabinet de travail de monsieur le marquis est là, au rez-de-chaussée; il donne sur les deux rues. Cette pièce renferme un secrétaire en bois de rose dans lequel mon maître serrait d'habitude tous ses papiers.

LORRAIN.

Il suffit, demain j'aurai le testament.

SAINT-JEAN.

Demain... mais, mon pauvre ami, c'est aujourd'hui qu'on lève les scellés.

LORRAIN.

Diable!.. aujourd'hui... c'est bien prompt.

SAINT-JEAN.

Et tiens, précisément, voici maître Gobelin le commissaire.

LORRAIN.

Maître Gobelin... en effet.

SAINT-JEAN.

Tu le connais?

LORRAIN.

Je connais tous les commissaires... Viens un peu par ici... (*Il attire Saint-Jean vers la droite.*)

## SCÈNE VIII.

LES MÊMES, GOBELIN *et* SON CLERC.

GOBELIN, *qui se dirigeait vers l'hôtel, s'arrête tout à coup et se retourne brusquement vers son Clerc qui le suit.*

Toute réflexion faite, je n'aurai pas besoin de toi, je requerrai deux exempts... et comme l'opération sera peut-être longue, tu vas retourner à la maison et tu diras à madame Gobelin d'aller souper sans moi chez son oncle qui nous a conviés; j'irai la reprendre ce soir, et la ramènerai au logis. Tiens, prends par la place du Palais-Royal, c'est ton plus court chemin. Eh bien, tête sans cervelle, et le dossier que tu emportes. (*Il le reconduit jusqu'à la fontaine.*)

LORRAIN, *à Saint-Jean.*

Madame Gobelin est une petite brune de vingt ans, fraîche et rondelette, des yeux noirs qui pétillent et une santé à enterrer trois maris de cet acabit-là.

SAINT-JEAN.

Positivement... Tu la connais?

LORRAIN.

C'est la nièce de mon procureur, cousine, par sa mère, d'un très-joli garçon nommé Fortuné et commis aux gabelles.

SAINT JEAN.

C'est bien cela.

LORRAIN.

Très-bien, j'y suis.

GOBELIN, *à son Clerc.*

Va-t'en, et trotte ferme. (*A lui-même, consultant le dossier.*) Voyons si tout y est.

SAINT-JEAN, *montrant Gobelin à Saint-Jean.*

Vois donc, il revient, il va rentrer dans l'hôtel.

LORRAIN.

Il n'y entrera pas; retiens un fiacre, grise le cocher, prends sa place, reste aux écoutes et arrive quand je frapperai dans ma main; je te payerai encore double cette course-là, va!... (*Il le pousse dehors.*)

## SCÈNE IX.

GOBELIN, LORRAIN. (*Au moment où maître Gobelin va frapper à la porte de l'hôtel, Lorrain lui met la main sur le collet.*)

LORRAIN.

Halte-là, je vous arrête!

GOBELIN.

Comment, vous m'arrêtez?... mais je suis le commissaire, mon bon ami, c'est moi qui arrête les autres.

LORRAIN.

Monsieur, je vous arrête dans votre intérêt.

GOBELIN.

C'est différent... expliquez-vous et soyez bref, j'ai à instrumenter là-dedans.

LORRAIN.

Ce n'est pas ce qui presse le plus.

GOBELIN.

Au contraire; j'ai reçu des ordres positifs pour la levée des scellés et le transport des papiers du marquis de Salnelles au greffe de la grand'chambre... ceci passe avant tout.

LORRAIN.

Ainsi, on viendrait vous dire : le feu est à votre maison, on enlève Madame Gobelin, vous resteriez là?

GOBELIN.

Mais non, mais non, je n'y resterais pas. Heureusement il n'y a pas de feu chez moi, et ma femme... (*Il va frapper.*)

LORRAIN.

Votre femme? vous croyez qu'elle est chez vous, n'est-ce pas?

GOBELIN.

Je ne le crois pas, j'en suis sûr.

LORRAIN.

Homme confiant, commissaire candide! vous n'aviez pas tourné les talons qu'elle avait mis la clef sous la porte pour aller...

GOBELIN.

Chez son oncle.

LORRAIN.

Chez son cousin.

GOBELIN.

Fortuné Grivet?

LORRAIN.

Commis aux gabelles; son cousin qui lui fait la cour; qui a obtenu un rendez-vous pour ce soir, chez lui... et qui s'en est vanté devant moi, l'infâme! Je ne vous connaissais pas, respectable monsieur Gobelin, je n'avais pas cet honneur, mais je suis marié comme vous, malheureux comme vous... et comme en Russie on vous arrête charitablement pour vous dire : Monsieur, votre nez gèle... moi je vous arrête et je vous dis : Votre front brûle... Vous voilà prévenu; soyez trompé, dupé, mystifié si c'est votre bon plaisir, je m'en lave absolument les mains et vous tire mon humble révérence.

GOBELIN, *le retenant.*

Mais, Monsieur, tout ça est impossible; ma femme ne peut pas souffrir Fortuné... elle en dit un mal!...

LORRAIN.

Preuve qu'elle en pense du bien ..

GOBELIN.

Elle m'a forcé de lui défendre ma porte.

LORRAIN.

Pour aller frapper à la sienne.

GOBELIN.

Elle le trouve affreux.

LORRAIN.

Et il est charmant.

GOBELIN.

Elle dit que je suis beaucoup mieux.

LORRAIN.

Et vous êtes très-laid.

GOBELIN.

Vous croyez?

LORRAIN.

J'en suis sûr.

GOBELIN.

Comment supposer que ma femme!.. Eh bien! Monsieur, je m'en étais toujours douté.

LORRAIN.

Vous voyez...

GOBELIN.

J'en deviendrai fou! Oh! perfide Aglaé... Je veux la surprendre.

LORRAIN.

La confondre...

GOBELIN.

Je cours... mais il y a très-loin...

LORRAIN.

Et il ne faut pas perdre une minute... peste! une minute de plus ou de moins... si vous alliez arriver trop tard!.. il faut prendre une voiture... J'en ai une là... à moi, à l'heure. (*Frappant dans ses mains.*) Je vous la prête.

SAINT-JEAN *paraît, un fouet à la main.*

Voilà, mon bourgeois.

LORRAIN.

Tu vas conduire Monsieur.

GOBELIN.

Au galop!

LORRAIN, *bas.*

Au pas.

GOBELIN.

Brûle le pavé!

LORRAIN, *bas.*

Compte les lanternes... Songe que tu es à l'heure!

SAINT-JEAN.

Oui, je connais le tarif... Où faut-il mener Monsieur le commissaire?

GOBELIN, *entraînant Saint-Jean.*

A l'Estrapade!

LORRAIN.

Allons donc! que Saint-Jean me le garde une heure et le tour est joué. (*Il sort en courant.*)

## SCENE X.

LÉONARD. *Il arrive du côté opposé par lequel Lorrain est sorti. — La nuit vient peu à peu pendant cette scène.*

Voilà le jour qui baisse, j'arrive à l'heure. (*Il ouvre la porte de la masure en parlant, range ses seaux, bat le briquet et allume une chandelle.*) C'est bien drôle tout de même ce qu'elle m'a dit, ma pratique.. Il y va de la vie de quelqu'un... et ce quelqu'un-là, je peux le sauver... (*Sortant de chez lui.*) C'est qu'apparemment il ne faut qu'un peu de courage et de bonne volonté... pour ce qui est de ça, c'est comme l'eau de la fontaine, j'en ai au service de tout le monde.

## SCÈNE XI.

CORALIE, LÉONARD. (*Tandis qu'il se parle, Coralie, vêtue cette fois en petite bourgeoise, a paru au fond, elle aperçoit Léonard et vient à lui.*)

CORALIE.

Léonard.

LÉONARD.

Ah! c'est vous, madame, et sous ces habits?

CORALIE.

Il importe au succès de mon entreprise que je ne sois pas reconnue... j'avais besoin de vous revoir, de m'entendre avec vous ; et donner l'éveil à la curiosité, ce serait compromettre les jours d'un malheureux.

LÉONARD.

Vous le voyez... je suis à mon poste, bien décidé à garder votre secret si vous voulez me le dire; prêt à vous aider dans une bonne action sans rien vous demander de plus, si vous croyez que je ne doive pas en savoir davantage.

CORALIE.

Celui pour qui je viens vous demander secours et protection, c'est le marquis de Salnelles.

LÉONARD.

Le marquis de Salnelles!... celui à qui je dois d'habiter gratis cette petite masure, sans compter d'autres bienfaits encore... Et qu'est-ce que j'ai fait pour ça? Je me suis donné la peine de traverser la rue pour lui rapporter un portefeuille qu'il avait laissé tomber en sortant de son hôtel... Il a besoin de moi, dites-vous? ne priez pas, madame, commandez. Oh! si j'avais pu le tirer de la Bastille!

CORALIE.

Ce que vous ne pouviez faire, une autre l'a fait.

LÉONARD.

Le marquis de Salnelles est libre!

CORALIE.

Oui, ce soir même, et grâce à moi. Un avis que je lui ai fait parvenir lui désigne pour retraite votre demeure.

LÉONARD.

Il y sera en sûreté, je vous en réponds ; un cœur reconnaissant est une bonne sentinelle, allez!

CORALIE.

Il ne restera ici que le temps nécessaire pour échanger ses vêtements contre un des vôtres.

LÉONARD.

Bon, mes habits neufs, ceux que j'avais fait faire pour la noce de Françoise... c'est lui qui en aura l'étrenne.

CORALIE.

A la faveur de ce déguisement, il pourra gagner le quai de Chaillot, où, par mes soins, une chaise de poste attend le fugitif.

LÉONARD.

Vous avez pensé à tout... c'est bien de votre part; d'ailleurs, un meilleur temps viendra pour lui, et je connais son cœur...

ceux qui le servent en ce moment sans intérêt en seront bien récompensés.

CORALIE.

Oh! moi, je n'attends de lui qu'un secret qu'il me garde depuis trop longtemps; mais aujourd'hui, je l'espère, il ne refusera pas de me le dire... (*Avec inquiétude.*) Mais l'heure passe... il devrait être ici... mon Dieu! s'il avait été découvert dans sa fuite... si ce geôlier à qui j'ai dû me confier m'avait trahie... (*En ce moment, un homme qui semble d'abord hésiter à se montrer, paraît au fond, puis, après avoir jeté un regard en arrière, il s'avance.*)

LÉONARD, *l'avisant.*

Voyez donc, madame, là-bas, dans l'ombre... cet homme qui vient à nous.

CORALIE.

C'est lui!

## SCENE XII.

CORALIE, LÉONARD, LE MARQUIS.

LÉONARD, *allant au Marquis.*

Avancez sans crainte, monsieur, il n'y a ici que des amis.

LE MARQUIS, *regardant Coralie sans la reconnaître.*

Mon cher Léonard!... mais à qui dois-je ma délivrance?

LÉONARD.

Vous ne le savez pas!

LE MARQUIS.

Non, la main qui m'a sauvé ne s'est pas encore fait connaître.

LÉONARD.

Comme ça ne pouvait pas être la mienne et que nous sommes deux ici à vous attendre, il faut que cette main-là, ce soit celle de madame.

LE MARQUIS, *reconnaissant Coralie.*

Est-ce possible! c'est vous, Coralie!

CORALIE.

Vous ne m'auriez pas devinée?

LE MARQUIS.

Depuis si longtemps que toute relation est rompue entre nous... j'ignorais même que vous fussiez à Paris.

CORALIE.

Je m'estime bien heureuse d'y être revenue, puisque j'ai pu vous rendre à la liberté.

LE MARQUIS.

Coralie, je n'ai plus le droit de vous accuser; vous vous êtes souvenue de moi quand j'étais malheureux!

LÉONARD.

Causez; pendant ce temps-là, je vas préparer les vêtements en question. (*Il entre dans la masure et disparaît.*)

CORALIE.

Loin de moi l'idée de vous faire payer le service que j'ai pu vous rendre, monsieur le marquis ; mais au moment d'une nouvelle séparation, m'accorderez-vous enfin la grâce que je vous ai tant de fois demandée ?

LE MARQUIS.

Non, Coralie, jamais !

CORALIE.

Quoi ! vous refusez encore de me dire en quel endroit et sous quel nom vous faites élever le fils dont vous m'avez privée ?

LE MARQUIS.

Il est heureux ; un jour il sera riche ; mais c'est à la condition qu'il ne connaîtra jamais sa mère !

CORALIE.

J'ai été légère, j'ai trahi un amour dont j'étais indigne ; je sais cela, monsieur ; et alors vous avez voulu, vous avez dû me séparer de notre enfant... Tant que votre protection a pu le suivre dans la vie, j'ai accepté le silence que vous avez gardé avec moi; mais aujourd'hui, que vous êtes condamné ; aujourd'hui, que vous n'avez d'autre alternative que l'exil ou la prison ; aujourd'hui, que vous ne pouvez plus rien pour ce pauvre jeune homme, c'est à moi, sa mère, qu'il appartient de le protéger.

LE MARQUIS.

Rassurez-vous ; le sort de mon fils est assuré jusqu'à présent; il n'a vu en moi que son protecteur... il saura bientôt que je méritais un titre plus doux. Il portera mon nom : je le confie à l'adoption de mon père. Toute démarche de votre part auprès de lui ne pourrait que le compromettre... Si vous l'aimez, Coralie, résignez-vous au sacrifice de lui taire à jamais ce que vous êtes pour lui. . C'est à ce prix que je vous croirai vraiment une bonne mère.

CORALIE.

Ce que vous ordonnez, je le ferai, monsieur, je vous le jure.

LÉONARD, *reparaissant.*

Là ! tout est prêt. Quand monsieur voudra...

CORALIE.

Oui ; hâtez-vous. Vous savez qu'une chaise de poste est mise à votre disposition ?

LE MARQUIS.

Je la trouverai sur le quai de Chaillot?

CORALIE.

Près de la barrière... C'est là que je vais vous attendre... Je veux assister à votre départ... De la prudence, et à bientôt !

LE MARQUIS.

A bientôt !

## SCENE XIII.

### LE MARQUIS, LÉONARD.

LÉONARD.

Il s'agit de nous occuper de votre toilette. Ah ! dame... pour un gentilhomme, ça n'est pas trop brillant ; mais, comme porteur d'eau, il n'y en aura pas de mieux mis que vous.

LE MARQUIS.

C'est bien, mon ami ; mais, avant tout, j'ai à te confier une mission.

LÉONARD.

Où faut-il aller ?

LE MARQUIS.

Oh ! tu n'auras pas à te déranger ; c'est chez toi que tu attendras.

LÉONARD.

Qui donc ?

LE MARQUIS.

Un jeune homme, mon fils.

LÉONARD, *étonné.*

Votre fils ?...

LE MARQUIS, *sans lui répondre.*

Je ne crains rien pour son avenir... Le testament qu'on trouvera chez moi garantit ses droits ; mais le présent m'inquiète... Il n'a pour vivre que mes bienfaits ; et, lors de mon arrestation, je n'ai pu lui envoyer la somme que je lui fais tenir tous les six mois.

LÉONARD.

Si quelques épargnes que j'ai là pouvaient être utiles à monsieur... Ça n'est pas bien lourd... il faut tant de voies d'eau pour faire vingt écus !

LE MARQUIS.

Merci, brave homme, merci ; il y a dans mon hôtel une somme de six mille livres en or...

LÉONARD.

Mais vous ne pouvez pas y entrer, dans cet hôtel...

LE MARQUIS.

Au risque d'être reconnu, j'y pénétrerai ; car il me faut cet or, il me le faut, ou celui qui doit porter le nom de marquis de Salnelles sera réduit à vivre de l'aumône jusqu'au jour où mon père l'appellera près de lui.

LÉONARD.

Cependant, si ça devait vous coûter encore votre liberté ?

LE MARQUIS.

Sais-tu qui est en ce moment chez moi ?

LÉONARD.

Rien que Bontemps, le suisse de l'hôtel ; c'est lui qu'on a nommé gardien des scellés.

LE MARQUIS.

Bontemps est un honnête serviteur, il ne trahira pas son maître.

LÉONARD.

Prenez garde, monsieur ; c'est une grande imprudence que vous allez commettre.

LE MARQUIS.

Je te dis qu'il y va de l'existence de mon fils ! (*Il va se diriger vers l'hôtel.*)

LÉONARD, *qui avait remonté le théâtre, descend rapidement.*

Rentrez, monsieur le marquis ; entrez vite chez moi !

LE MARQUIS.

Et pourquoi ?

LÉONARD.

Voilà le commissaire qui vient par ici. (*Léonard fait entrer vivement le Marquis dans sa masure. Il entre aussi, et tient la porte entrebâillée pour guetter ce qui se passe au dehors.*)

## SCENE XIV.

LÉONARD, LE MARQUIS, LORRAIN, *en commissaire; il porte perruque et lunettes.* UN PORTE-FALLOT, BONTEMPS.

LORRAIN, *au Porte-Fallot.*

Eh ! bien, ou vas-tu, petit gueux ? je t'ai dit à l'hôtel de Salnelles.

LE MARQUIS, *à Léonard.*

Ils s'éloignent, n'est-ce pas ?

LÉONARD, *aux aguets.*

Eh mais, non... c'est chez vous qu'ils vont, monsieur le marquis... si vous aviez mis le pied dans l'hôtel, vous étiez perdu !

LORRAIN, *qui est arrivé à la porte de l'hotel.*

Allons, frappe et annonce-moi. (*Le Porte-Fallot frappe.*)

LÉONARD.

Tenez, voyez-vous même. (*Le Marquis et Léonard, groupés près de la porte, examinent ce qui se passe au dehors* )

BONTEMPS.

Qui est là ? (*Il paraît au seuil de la porte.*)

LE PORTE-FALLOT.

Monsieur le commissaire.

LORRAIN.

Au nom de la loi, je viens procéder à la levée des scellés et à l'enlèvement de toute pièce d'écriture qui se trouve céans.

BONTEMPS.

Pardon, mais il me semble que ça devait être maître Gobelin.

LORRAIN.

Mon confrère Gobelin m'a délégué à sa place... il est retenu ailleurs par un accident .. conjugal... Allons, faquin, prends le fallot, passe devant, ouvre toutes les portes, allume toutes les bougies... songe que tu as l'honneur d'éclairer la justice. (*Bontemps a pris le fallot, et il rentre dans l'hôtel suivi de Lorrain et du Porte-Fallot.*)

## SCÈNE XV.

LÉONARD, LE MARQUIS.

LÉONARD.

Vous le voyez, monsieur le marquis, il faut renoncer à vous introduire dans l'hôtel, car vous n'en sortiriez plus que pour être reconduit à la Bastille.

LE MARQUIS.

Mais mon fils, mon fils que je vais laisser sans ressource...

LÉONARD.

Mais j'y pense ; vous allez revoir cette dame qui vous a sauvé, elle est riche... confiez-lui votre embarras... et ben sûr qu'elle ne demandera pas mieux que de vous venir en aide.

LE MARQUIS.

Coralie !.. il faudrait lui dire ! non, elle ne doit pas savoir, non, je ne veux rien d'elle.

LÉONARD.

Eh bien, un autre idée... il y a, dites-vous, six mille livres dans l'hôtel... vous ne pouvez pas les y aller chercher sans vous exposer à un grand malheur... mais moi, je ne cours aucun risque...justement le père Bontemps m'a recommandé d'apporter de l'eau à l'hôtel, ça fait un fier prétexte pour y entrer sans qu'on se doute de rien.

LE MARQUIS.

Quoi ! tu voudrais...

LÉONARD.

Enseignez-moi seulement où est la somme en question et d... quelques minutes vous pourrez partir l'esprit tranquille. (*Léonard en parlant a pris les seaux pour aller les emplir à la fontaine.*)

LE MARQUIS.

C'est là, au rez-de-chaussée, dans le boudoir, que sont cachés les six mille livres; derrière le sofa il y a une petite armoire dans la boiserie... un bouton à pousser et l'armoire s'ouvrira devant toi.

LÉONARD.

Où dois-je envoyer cette grosse somme-là? (*En parlant il a repris ses sceaux.*)

LE MARQUIS.

Tu la garderas pour la remettre à mon fils qui viendra te la réclamer. . ne la donne qu'à lui, entends-tu bien... à lui seul.

LÉONARD.

Mais comment saura t-il?...

LE MARQUIS.

En t'attendant, je vais lui écrire.

LÉONARD.

Bon, mais il faut d'abord songer à votre déguisement; vous trouverez tout ça dans ma chambre à coucher, car j'ai un appartement complet, moi, et ça grâce à vos bontés. (*Il va vers l'hôtel.*)

LE MARQUIS.

Brave Léonard! si ton dévouement pour moi allait te compromettre.

LÉONARD.

N'ayez donc pas peur... le bon Dieu, qui sait bien que je ne veux pas faire une mauvaise action, me protégera. Ne vous occupez pas de moi... pensez à vous, pensez à votre fils... écrivez-lui de venir bien vite... tâchez que je ne garde pas trop longtemps cet argent chez moi... car je vas craindre les voleurs à présent. Ça ne m'était jamais arrivé. (*Il se dirige vers la rue du troisième plan.*)

LE MARQUIS.

Où vas-tu donc?

LÉONARD.

Du côté de la petite cour; nous autres, nous n'entrons pas par la grande porte. (*Il sort.*)

LE MARQUIS, *seul et à lui-même.*

Léonard a raison; avant d'écrire à Armand, la prudence exige je prenne le costume qui doit favoriser ma fuite. (*Il entre dans la masure et regarde vers la droite.*) C'est là, m'a-t-il dit, que je le trouverai. (*Il prend la lumière et disparaît à droite, après avoir fermé la porte qui donne sur la rue.*)

## SCENE XVI.

GOBELIN, UN PORTE-FALLOT, EXEMPTS, *puis* BONTEMPS.

GOBELIN.

C'était vrai! Aglaé était chez son cousin, tête à tête... je crois que je suis arrivé à temps... Aglaé est sous les verrous, la traîtresse, et elle y restera longtemps.. L'époux a fait son devoir... au magistrat maintenant... Frappe, petit drôle... et frappe fort!.. tu frappes au nom de la loi. (*Le Porte-Fallot frappe à la porte, Bontemps vient ouvrir.*)

BONTEMPS, *paraissant.*

Qu'y a-t-il?

GOBELIN.

C'est moi, Bontemps; je viens procéder à la levée des scellés.

BONTEMPS.

Mais c'est déjà bien avancé; votre collègue y va d'un train...

GOBELIN.

Mon collègue?

BONTEMPS.

Oui, c'est un fier chercheur que l'autre commissaire, il fouille partout.

GOBELIN.

Qu'est-ce que tu dis! Un autre commissaire! Malheureux! tu es la dupe de quelque filou... Suis-moi, je vais démasquer le scélérat qui a usurpé mes fonctions. (*Il entre dans l'hôtel avec Bontemps et les exempts.*)

## SCENE XVII.

LE MARQUIS, *dans la mansarde, puis des porteurs d'eau, des pompiers, des gardes françaises et la foule.*

LE MARQUIS, *d'abord seul; il est vêtu d'une veste et d'un pantalon de porteur d'eau.*

Maintenant, écrivons à mon fils; mais ici il n'y a ni plume ni encre... quelques mots au crayon suffiront... plus tard, quand je serai à l'abri des poursuites, une autre lettre l'instruira mieux de tout ce qu'il doit savoir. (*Il tire un souvenir de sa poche, déchire une des feuilles blanches et écrit.*) « Mon ami. (*A lui-même.*) Quelle émotion j'éprouve en ce moment où je vais lui révéler qu'il a un titre, une famille, lui, qu'on ne connaît encore au collége d'Amiens, où je l'ai fait élever, que sous le seul nom d'Armand; il va savoir enfin que je lui lègue le droit de s'appeler le marquis de Salnelles.

VOIX, *au dehors.*

Au feu! au feu! (*Peuple, porteurs d'eau, gardes françaises, pompiers. Le marquis se dispose de nouveau à écrire... En ce moment on crie au feu! On entend un grand tumulte de voix. On bat la générale. Les pompiers traversent le théâtre avec leurs pompes roulantes. Des porteurs d'eau arrivent en foule et se disposent en chaîne à la fontaine. La foule encombre la rue. Des gardes françaises arrivent conduits par un sergent et font ranger la foule. On frappe aux portes, des bourgeois sortent de chez eux.*)

UN BOURGEOIS.

Que se passe-t-il donc?

UN AUTRE BOURGEOIS.

C'est l'Opéra qui brûle!

LE SERGENT.

Tout le monde à la chaîne...

LE MARQUIS, *écoutant.*

Le feu... à l'Opéra!...

LE SERGENT, *frappant à la porte de Léonard.*

Ouvrez!... ouvrez donc!

LE MARQUIS, *à lui-même.*

Impossible de refuser... ils enfonceraient la porte... (*Il ouvre.*) Que voulez-vous, mon sergent?

LE SERGENT.

Comment! tu es porteur d'eau et tu restes chez toi! Allons, comme les autres, à la chaîne!

TOUS.

A la chaîne! (*Le Marquis est entraîné par le Sergent à la fontaine, la chaîne s'est établie : on se passe les seaux.*)

CABOCHE.

Ah! mon Dieu! ça ne coule plus! plus d'eau!

JAVOTTE.

C'est donc comme à la fontaine Traversine, plus d'eau!

CABOCHE.

Mes enfants, il y en a au Château-d'Eau, tout le monde au Château-d'Eau! (*Toute la foule se précipite vers la petite rue Saint-Louis, le théâtre redevient désert, on voit briller la lueur de l'incendie.*)

## SCENE XVIII.

LEONARD, *seul; il revient par la rue au premier plan à gauche*

Les v'là les six mille livres, elles sont là, dans mes deux seaux... Mais, qu'est-ce que j'ai donc entendu? on criait au feu!

Oui... cette lueur rougeâtre, c'est par là qu'est l'incendie! et je n'y suis pas... moi Léonard, le doyen de la fontaine. . Avant tout, faut mettre en sûreté ce qui appartient au fils du marquis. (*Il entre chez lui. La persienne qui fait face au public s'ouvre brusquement.*)

### SCÈNE XIX.

LORRAIN, *paraît seul dans la chambre.*

J'ai barricadé la porte; avant qu'ils l'aient enfoncée, je serai dans la rue. (*Il descend par la fenêtre. En cet instant un flot de peuple, qui reflue dans la rue de l'Echelle, rapporte un homme privé de mouvement.*)

CABOCHE.

La toiture vient de tomber.

JAVOTTE.

Et ce pauvre homme a été blessé.

UN OFFICIER DE POLICE.

Mais, je reconnais cet homme... je l'ai arrêté il y a un mois; c'est le marquis de Salnelles.

CABOCHE.

Il est mort!

LORRAIN, *qui pendant ce temps est descendu à terre.*

Hein! le marquis est mort et j'ai le testament! Allons, je tiens mes 10,000 livres.

LÉONARD, *sortant de la deuxième pièce à droite.*

Le trésor est bien caché!... à présent je peux attendre le fils du marquis.

---

# ACTE I.

L'intérieur de la boutique de Françoise Maurice, marchande d'oranges. Cette boutique est ouverte au fond sur la Halle dont on aperçoit divers étalages.

---

### SCÈNE I.

GENEVIÈVE, JOSEPH, UN OUVRIER, LA MÈRE MORAND.

GENEVIÈVE.

Voyons, Joseph... tiens-toi tranquille... Je te le répète : ta petite maman Françoise est partie ce matin au jour pour Versailles... elle reviendra ici pour l'heure de la grand'messe. Faudra qu'elle te trouve tout prêt quand elle arrivera; laisse-toi donc mettre tes papillotes.

JOSEPH, *résistant.*

Des papillotes... c'est bon pour les petites filles ; mais moi je suis un homme, c'est grand-papa Léonard qui me l'a dit l'autre jour, en me mettant à cheval sur son âne.

GENEVIÈVE.

Si tu ne m'obéis pas .. je le dirai à Léonard... et tu l'entendras gronder.

JOSEPH.

Gronder... lui... grand-père... il ne sait pas.

GENEVIÈVE.

Tu veux donc lui faire de la peine ?

JOSEPH.

Ça lui ferait du chagrin si je n'avais pas de papillotes ?... alors...(*Il va chercher un gros tas de papier.*) Tiens... grand'mère... mets-moi tout ça. (*Geneviève l'embrasse.*)

L'OUVRIER, *décrochant une enseigne qu'il laisse tomber.*

Gare là-dessous !

LA MÈRE MORAND, *entrant.*

Patatras !... Eh ben, en v'là d'l'embarras.

GENEVIÈVE, *qui s'est levée.*

Qu'est-ce que c'est donc que tout ce bruit ?

LA MÈRE MORAND.

Venez donc voir ici... c'est vous qu'on démolit, chère amie.

GENEVIÈVE.

Par exemple !

L'OUVRIER.

N'faites pas attention, madame Léonard, je n'en voulais qu'à l'enseigne ; la v'là par terre, je l'emporte et je m'en vas.

GENEVIÈVE.

Comment, vous l'emportez !... et qui est-ce qui vous a permis ?...

L'OUVRIER.

On ne m'a pas permis... on m'a commandé.

GENEVIÈVE.

Mais qui ?

LA MÈRE MORAND.

Oui, voyons, dis donc qui, Mistigris ?

L'OUVRIER.

Dame ! c'est maître Jean-Marie, le syndic des forts de la halle.

GENEVIÈVE.

Jean-Marie!

LA MÈRE MORAND.

Jean-Marie, un ami; si c'est lui, tout est dit.

L'OUVRIER.

Et vous savez... quand il commande, celui-là, tout le monde lui obéit dans le quartier; il est bon enfant, le maître syndic, mais il cause volontiers à coups de poing... et il vous a une poigne...

JEAN-MARIE, *qui est entré sur les derniers mots, lui mettant la main sur la tête.*

A preuve...

L'OUVRIER, *se baissant.*

C'est lui! N'appuyez pas, sapristi, ou ma tête va entrer dans mon estomac.

JEAN-MARIE.

Bavard... emporte ça et va-t'en.

L'OUVRIER.

Tout de suite. (*Il ramasse l'enseigne et sort en courant.*)

GENEVIÈVE, *le regardant partir.*

Qu'est-ce que tout ça veut dire?

LA MÈRE MORAND.

Ah çà, tu mijottes donc quelque chose?

JEAN-MARIE, *à mi-voix.*

Oui... et je compte sur vous, la mère, pour des bouquets, un compliment... je vous dirai tout ça chez vous tout à l'heure.

LA MÈRE MORAND.

Quand tu voudras, mon cœur. (*Le regardant.*) Mais à quel saint qu'tu fais honneur?... te v'là beau comme un seigneur... T'as donc gagné z'un terne, que tu brilles comme une lanterne.

GENEVIÈVE.

C'est vrai, il a un habit neuf.

JEAN-MARIE.

Et je voudrais bien tenir l'animal qui l'a cousu... il craque de partout; quand je remue les bras, j'ai toujours peur de perdre mes manches.

## SCENE II.

Les Mêmes, EUSTACHE.

EUSTACHE, *passant la tête au fond.*

Madame Léonard, si c'était un effet de votre complaisance... avez-vous vu rentrer le locataire du septième?

GENEVIÈVE.

Monsieur Armand... Non... je ne l'ai pas vu, mon garçon.

JEAN-MARIE.

Eh ! c'est Eustache.

LA MÈRE MORAND.

Le petit pauvre de la paroisse.

EUSTACHE, *entrant et saluant timidement.*

Vot' serviteur, monsieur le syndic et votre compagnie... sans oublier monsieur Joseph.

JOSEPH, *occupé à faire des cocottes.*

Bonjour, Eustache.

JEAN-MARIE.

Paresseux !... propre à rien !... c'est y pas une honte de voir un gaillard gros et frais et rougeot comme ça, un homme qui pourrait porter deux cents, passer sa vie à la porte d'une église, accroupi comme un singe et tendant la main!

EUSTACHE.

Oui... c'est une mauvaise habitude qu'on m'a donnée là... Mais que voulez-vous... monsieur le syndic .. je suis mendiant de naissance, moi. On m'a trouvé un beau matin sous le porche de Saint-Eustache; la mère Boby, la doyenne des pauvresses, m'a ramassé et m'a trouvé gentil... Oui... j'étais gentil en maillot. Elle n'a pas voulu qu'on me portât à l'hospice, elle m'a servi de mère, et la paroisse fut ma marraine. Après m'avoir élevé du mieux qu'elle a pu, la mère Boby m'a installé, tout petit, au pied de sa chaise. Je me tenais là, devant elle, comme le caniche devant l'aveugle. Les grandes dames me trouvaient gentil à leur tour... J'étais très-gentil en jaquette; elles donnaient double aumône à la mère Boby, qui se voyait comme ça récompensée de sa bonne action. Enfin, comme elle se faisait vieille et frileuse, elle m'a cédé son fonds, c'est-à-dire sa grande chaise et son petit gueux, à la condition que je lui rapporterais la recette... Mais j'étais devenu grand garçon, et il me semblait qu'un autre métier m'irait mieux. J'avais parlé d'entrer en apprentissage... Là-dessus la mère Boby s'est écriée que j'étais un ingrat, que je voulais l'abandonner, la laisser mourir de faim, elle qui m'avait élevé, nourri... Mourir ! Alors, sans répondre, je m'en suis allé avec la chaise et le gueux. Mon parti était pris... Je ne serai pas un ingrat, que je me dis alors, je mendierai pour la mère Boby, mais j'apprendrai à travailler pour moi.

TOUS.

Bah !

EUSTACHE.

Oh ! je peux vous le dire à présent, car il y a trois ans de ça, et demain j'aurai fait mon temps d'apprentissage.

LA MÈRE MORAND.

Comment qu'ça se peut ça... T'as pas quitté ta place?

EUSTACHE.

Tant qu'il faisait jour, j'étais à Saint-Eustache; mais j'avais mes soirées et mes nuits, et depuis trois ans, j'ai pas beaucoup dormi... Dans notre maison était venu s'établir un tailleur qui faisait souvent veiller. Je suis entré chez lui comme apprenti, à la condition de ne monter sur l'établi que le soir... Hier, j'ai fait mon chef-d'œuvre, comme on dit; demain, ma journée me sera payée, et demain soir quand je l'apporterai à la mère Boby, je serai fier et gaillard, car ça ne sera plus l'argent de l'aumône, ce sera le salaire de l'ouvrier.

GENEVIÈVE.

Pauvre garçon!... c'est bien ce qu'il a fait.

JEAN-MARIE, *lui secouant la main.*

Petit, touche là, t'es un homme Oh! v'là encore une couture qui craque.

LA MÈRE MORAND.

Dis-moi d'quoi qu'tu fabriques, de c't' heure t'as ma pratique.

EUSTACHE.

Dame! des gilets, des culottes. Hier, j'ai fait mon premier habit. Un habit bleu barbeau, boutons blancs. Maître Rigobert l'a livré ce matin.

JEAN-MARIE.

Mais Rigobert, c'est mon tailleur.

EUSTACHE.

Hein! (*Le regardant.*) Habit bleu barbeau, boutons blancs, c'est ça, c'est mon habit, c'est mon chef-d'œuvre!

JEAN-MARIE.

Merci, il est bien conditionné ton chef-d'œuvre. Je crois qu'il se fend dans le dos. (*Il se tourne, la couture du milieu a craqué.*)

EUSTACHE.

Comme ça va... comme ça colle...

JEAN-MARIE.

Mais j'ai le dos ouvert... animal!

EUSTACHE.

Donnez moi ça... J'ai ma pelotte et mon fil dans ma poche... il n'y paraîtra pas tout à l'heure... Voyez-vous, ça n'est pas ma couture qui était trop faible... c'est vous qui êtes trop fort... syndic. (*Jean-Marie ôte son habit et le donne à Eustache, qui se met à le recoudre. On appelle dans la coulisse:* Mère Morand mère Morand!)

LA MÈRE MORAND.

J'crois qu'on m'appelle à mon établissement. Eustache, t'habilleras monsieur Morand, mais tu le coudras plus solidement. A revoir, les enfants ; je retourne à mes z'harengs.

## SCENE III.

LES MÊMES. LÉONARD. *Celui-ci paraît au fond, conduisant un âne attelé à un tonneau.*

LÉONARD, *à la cantonade.*

A l'eau ! à l'eau !

JOSEPH, *courant au fond.*

V'là grand-père. Bonjour, Manon. (*Il embrasse l'âne qui s'est arrêté.*)

LÉONARD.

C'te pauvre Manon ! comme elle connaît la porte. Elle ne passerait pas devant sans s'arrêter. (*A Joseph.*) A présent que t'as embrassé mon âne, c'est mon tour, hein ? (*Il l'embrasse.*) Oh ! si on ne se retenait pas... on le croquerait, quoi ! (*Il entre dans la boutique.*) Bonjour, tout le monde... (*A Joseph.*) Eh bien ! la petite mère est-elle revenue ?

JOSEPH.

Pas encore.

GENEVIÈVE.

C'est pour ça que je suis restée.

LÉONARD.

Quoi donc qu'on pouvait avoir à lui dire à Versailles ?

GENEVIÈVE.

Elle ne s'en doutait pas elle-même... Hier, il lui est arrivé une grande lettre avec un gros cachet... c'te lettre disait seulement : Madame Françoise Maurice est invitée à se présenter demain au château, elle demandera le premier maître d'hôtel de sa majesté.

LÉONARD.

C'est pour quelque commande... on aura su à la cour que Françoise vendait les plus belles oranges de la Halle.

JEAN-MARIE.

Ça doit être ça ou autre chose...

LÉONARD.

Oh ! Jean-Marie, t'as un air mystérieux, tu te pinces le nez... je gage que tu sais pourquoi qu'elle est allée là-bas.

JEAN-MARIE.

Possible !

LÉONARD.

Tu vas nous le dire, alors.

JEAN-MARIE.

Jamais.

LÉONARD.

Enfin, c'est pour quelque chose de bon?

JEAN-MARIE.

D'excellent!

GENEVIÈVE.

Tu avais raison, Léonard, ça ne peut être que pour une commande.

EUSTACHE.

Elle avait déjà toute la ville pour pratique, vot' fille; si à présent elle à la cour... elle va faire une fortune...

LÉONARD.

Elle est déjà en bon chemin.

EUSTACHE.

Vous allez pouvoir vous reposer, père Léonard.

LÉONARD.

Oh! Françoise me disait encore l'autre soir : ne travaillez plus, père, je gagne assez pour tout le monde, à présent... mais le bon Dieu ne m'a pas donné deux bras comme ceux-là pour ne m'en pas servir .. tant qu'il me laisse la force, c'est pour que j'en use... seulement comme les seaux commençaient à me peser lourd sur les épaules, je me suis donné un tonneau et un âne; j'ai pris voiture, comme disent les camarades.., avec ça je fais mon métier tout doucement, ne prenant de fatigue qu'autant que j'en peux porter... Quand mon petit Joseph sera un homme, je veux qu'il ait un bon souvenir de son grand-père... Le vieux Léonard ne pourra pas lui laisser d'argent, mais il lui laissera ce qui fait quelquefois l'homme riche, ce qui fait toujours l'homme honnête, l'amour du travail!... Joseph aura encore l'exemple de Françoise : quand elle est arrivée à Paris avec sa mère et le petit, je ramassais à peine de quoi nourrir tout ce monde-là... Un beau jour, Françoise, sans nous rien dire, va vendre une petite croix en or qui lui venait de sa marraine; avec le prix de cette croix la brave fille acheta un éventaire et quelques douzaines d'oranges... le soir même elle rentrait avec une petite recette... Elle fut bientôt connue dans le quartier... on lui prenait de préférence aux autres, parce qu'elle ne trompait jamais personne... ce qui prouve qu'aux petits comme aux grands la probité porte toujours bonheur... Tu as entendu ça, mon petit; eh bien, fais-en ton profit.

JEAN-MARIE.

Sans compter qu'elle était belle comme une déesse votre fille! Auprès de Françoise, Vénus, voyez-vous, feu Vénus ne serait qu'une Cendrillon... (*Il soupire.*)

LÉONARD.

Comme tu t'enfles pour nous dire ça...

EUSTACHE, *enfilant son aiguille.*

Pauvre syndic !.. on le croit fort... mais moi, je lui connais un faible...

JEAN-MARIE.

Tu vas te taire, toi, là-bas...

EUSTACHE.

Père Léonard, j'ai celui de vous demander pour monsieur Jean-Marie, qui est garçon, la main de votre fille... qui n'est pas à marier.

LÉONARD *et* GENEVIÈVE.

Hein?

JEAN-MARIE.

Pas à marier... on ne sait pas.

GENEVIÈVE.

Comment, on ne sait pas?

LÉONARD.

Eh bien, et Maurice?....

JEAN-MARIE.

Depuis le temps qu'il est parti, il se pourrait bien qu'il soye... ad pataquès.

EUSTACHE.

V'là qu'il parle latin.

LÉONARD.

Veux-tu te taire... si Françoise t'entendait, elle qui adore toujours Maurice et qui n'est heureuse qu'en pensant au jour où elle le reverra.

JEAN-MARIE.

Pas une lettre...

LÉONARD.

Songe donc qu'il est en Amérique... au bout du monde... il y a trois ans, nous avons pourtant reçu de Maurice une bonne nouvelle... mille écus qu'il envoyait de Saint-Domingue... c'est avec ça que Françoise a acheté son fonds, et comme c'est à son mari qu'elle doit sa petite fortune, son amour pour lui s'est encore augmenté de toute sa reconnaissance.

JEAN-MARIE.

C'est égal, père Léonard, c'est pénible de voir une belle créature comme Françoise en impuissance de mari... Mais vous avez raison, puisqu'il n'est pas prouvé qu'elle soit veuve, je n'ai qu'un parti à prendre.

LÉONARD.

C'est de te consoler.

JEAN-MARIE.

C'est de m'en aller.

GENEVIÈVE.

Vous, Jean-Marie?

JEAN-MARIE.

Oui, mère Geneviève... j'irai à Marseille... au pays des oranges... et les oranges... ça me rappellera Françoise... mais avant de quitter la Halle, j'ai voulu ménager une surprise à votre fille.

LÉONARD.

Une surprise?

JEAN-MARIE.

On verra ça à son retour de Versailles ; je vous quitte même pour y mettre la dernière main.

EUSTACHE.

Voilà votre habit, syndic.

LÉONARD, *à part.*

Pauvre garçon ! (*Haut.*) Moi, je vas remplir mon tonneau à la fontaine des Innocents.

JOSEPH.

Grand-père, j'irai avec toi ; tu me mettras à cheval comme l'autre jour.

LÉONARD, *le prenant dans ses bras.*

C'est ça, mon petit homme.

GENEVIÈVE.

Prends garde, Léonard.

LÉONARD, *plaçant Joseph sur l'âne.*

Sois donc tranquille ; Manon ne prendra pas le mors aux dents.

JEAN-MARIE, *regardant autour de lui en mettant son habit.*

Nous aurions été si bien... ici... tous les deux... et dire que depuis trois ans... elle est peut-être veuve... une si belle femme ! (*Il soupire.*)

JOSEPH.

Hue ! Manon !

LÉONARD.

En route ! (*Léonard emmenant Joseph sort par la droite. Jean-Marie sort par la gauche.*)

## SCENE IV.

GENEVIÈVE. EUSTACHE.

EUSTACHE.

Puisque M. Armand ne rentre pas, je retourne à ma place. C'est dimanche gras aujourd'hui, et la mère Boby compte sur une bonne recette.

GENEVIÈVE, *à mi-voix.*

Attends! nous sommes bien seuls, n'est-ce pas?

EUSTACHE.

Tout seuls.

GENEVIÈVE.

Écoute, Eustache. J'ai fait un rêve cette nuit... ce matin j'ai cherché dans un livre de songes... et ça m'a donné encore le 23, le 45, le 62 et le 77.

EUSTACHE.

Oui, vos vieux numéros... ils doivent être gras depuis le temps que vous les nourrissez.

GENEVIÈVE.

Chut!

EUSTACHE.

Vous voulez que j'aille mettre encore ces numéros-là à la grande loterie royale... c'est un petit service que je vous ai déjà rendu souvent... trop souvent, car vous n'avez pas de chance, madame Léonard.

GENEVIÈVE.

Oh! je suis sûre qu'ils sortiront cette fois!... il faut bien qu'ils sortent... Alors, nous serons tous riches.

EUSTACHE, *à part.*

Voilà bien les joueurs... les joueuses surtout, ça croit toujours gagner. (*Haut.*) Si le père Léonard se doutait...

GENEVIÈVE.

Je lui avouerai tout... quand j'aurai gagné.

EUSTACHE.

Gagné votre quaterne sèche... il était loin celui-là, puisque vous ne l'avez pas attrapé depuis trois ans que vous courez après. Combien que vous mettez dessus cette fois?

GENEVIÈVE, *avec effort.*

Un louis! (*Elle le lui donne.*)

EUSTACHE.

Encore un jaunet ... Ah çà, vous en avez donc des boisseaux, ou ben vous savez où il en pousse.

GENEVIÈVE.

Tais-toi... v'là quelqu'un... tu me rapporteras le billet...

EUSTACHE.

C'est convenu.

GENEVIÈVE, *lui donnant un papier.*

Et d' peur que tu n'oublies mes numéros... je les ai écrits... les v'là, tu n'auras qu'à donner ça à la buraliste.

EUSTACHE.

Oh! je les sais...

GENEVIÈVE.

C'est le 23, le 45.

EUSTACHE.

Le 62.

GENEVIÈVE.

Et le 77.

EUSTACHE, *machinalement.*

Et le 67, c'est écrit... (*En sortant, il heurte Saint-Jean qui entrait vêtu de l'énorme houppelande fourrée de cocher.*) Pardon, monsieur, je vous prenais pour un ours.

## SCÈNE V.

SAINT-JEAN, GENEVIÈVE.

SAINT-JEAN.

Bonjour, madame Léonard... est-ce que vous ne me reconnaissez pas ?

GENEVIÈVE.

Si fait ! vous êtes monsieur Saint-Jean, l'ancien cocher de feu monsieur le marquis de Salnelles ; vous êtes venu quelquefois voir mon mari.

SAINT-JEAN.

C'est que le père Léonard est un ami ; nous nous voyions tous les jours à l'hôtel, du vivant de monsieur le marquis... Il y a cinq ans de ça... Oh ! Léonard a perdu là une bonne pratique, et moi un excellent maître.

GENEVIÈVE.

N'êtes-vous pas en condition ?

SAINT-JEAN.

Si... mais ma place m'est inférieure... j'en voudrais une plus à ma convenance, et comme madame Françoise, votre fille, fournit de grandes maisons, je voulais me recommander à elle.

GENEVIÈVE.

Chez qui êtes-vous donc ?

SAINT JEAN.

Chez une ancienne pécheresse qui fait maigre tout le carême et pénitence toute l'année. J'étais habitué à conduire mes maîtres dans de beaux hôtels, aux grands théâtres ; là, je faisais garder mes chevaux et je passais mes soirées gaîment, chaudement, tandis qu'aujourd'hui, je me morfonds devant les églises ou à la porte de pauvres maisons où l'ex-danseuse va faire des œuvres de charité. C'est triste, et ça m'ennuie ; c'est froid, et ça m'enrhume.

GENEVIÈVE.

Je parlerai de vous à Françoise.

SAINT-JEAN.

Je vais vous écrire mon adresse.

GENEVIÈVE.

Tenez... écrivez là-dessus. (*Elle désigne le comptoir. Lorrain paraît, marchant avec précaution pour ne point tacher ses bas de soie; il s'arrête au fond.*)

## SCENE VI.

Les Mêmes, LORRAIN.

LORRAIN, *s'orientant.*

Quel affreux quartier! on n'y devrait marcher que sur des échasses... N° 19... ça doit être ici... Oh! la vilaine porte! je n'entrerai jamais là-dedans. (*A Geneviève.*) Eh! eh! bonne femme!

GENEVIÈVE, *dans la boutique.*

Monsieur?

LORRAIN, *au dehors.*

C'est bien au n° 19... c'est-à-dire dans cette maison que demeure monsieur Armand?

GENEVIÈVE.

Oui, monsieur, un bon et honnête jeune homme, il habite tout en haut, sous les toits, cette petite porte ici à côté.

LORRAIN.

C'est une véritable ascension à faire.... Vous connaissez ce garçon?

GENEVIÈVE.

Oui, monsieur.

LORRAIN, *entrant dans la boutique.*

Ah! vous le connaissez?

GENEVIÈVE.

De vue seulement. Il ne parle à personne.... Comme il est toujours assez bien mis, on croirait à le voir qu'il ne manque de rien... mais quand il a emmenagé, son mobilier faisait peine, monsieur! et quoique l'hiver soit bien rude c'te année, on ne lui a pas encore monté de bois!

LORRAIN.

Est-il chez lui?

SAINT-JEAN, *à part et écrivant.*

Je connais cette voix-là.

GENEVIÈVE.

Non, monsieur, il est sorti depuis ce matin.

LORRAIN.

C'est fâcheux! je venais répondre à une demande qu'il a adressée à mon maître : monsieur le marquis de Salnelles.

SAINT-JEAN, *à part.*

De Salnelles?

GENEVIÈVE.

Le fils de feu monsieur le marquis de Salnelles serait retrouvé? Il serait à Paris?

LORRAIN.

Depuis huit jours il a pris possession de l'hôtel de son père.

SAINT-JEAN, *haut et s'avançant.*

Je ne me trompe pas, c'est Lorrain.

LORRAIN.

Saint-Jean! (*A part.*) Peste soit de la rencontre!

GENEVIÈVE, *à Saint-Jean.*

Vous cherchiez une place... en v'là une, monsieur Saint-Jean. Causez, messieurs, causez... pendant ce temps-là, monsieur Armand rentrera peut-être. (*A part.*) Le fils du marquis de Salnelles est revenu; mon homme qui s'en inquiétait tant, va être bien heureux...(*Geneviève sort et s'assied au dehors. Saint-Jean regarde Lorrain avec stupéfaction.*)

LORRAIN, *à part.*

Ce gaillard-là sait beaucoup de choses... mais c'est un imbécile qui ne connaît pas le prix d'un secret.... (*Haut.*) Ah çà, mon pauvre Saint-Jean! qu'as-tu donc à me dévisager de la sorte? Me croyais-tu mort et me prends tu pour un revenant?.. je suis parbleu bien en chair et en os.

SAINT-JEAN.

Je ne suis ni sourd ni aveugle! Tu as dit que le jeune marquis était installé à l'hôtel, et tu portes notre ancienne livrée!

LORRAIN.

Eh bien... y a-t-il là de quoi te faire ouvrir de si grands yeux?

SAINT-JEAN.

Toi?... au service du jeune Salnelles! (*A mi-voix.*) Mais tu étais venu à Paris, il y a cinq ans, pour le priver de son héritage.

LORRAIN.

C'est vrai.

SAINT-JEAN, *de même.*

Pour enlever du secrétaire du marquis le testament par lequel le père reconnaissait son fils.

LORRAIN.

C'est encore vrai... Oh! tu as bonne mémoire.

SAINT-JEAN.

Tu n'as donc pas pu prendre et détruire ce testament?

LORRAIN.

Monsieur Saint-Jean, je peux tout ce que je veux... je n'ai quitté Paris qu'avec le testament dans ma poche.

SAINT-JEAN.

Je n'y suis plus.

LORRAIN.

Puisque tu connais le commencement de l'histoire, autant vaut t'en dire la fin.

SAINT-JEAN.

Ça m'instruira.

LORRAIN.

Il y a des éducations impossibles... enfin, écoute et profite si tu peux.. Maître du testament du marquis, je m'embarquai à Brest et partis pour Saint-Domingue.

SAINT-JEAN.

Où t'attendait monsieur le duc, père du marquis de Salnelles. Monsieur le duc, en échange de ce testament, te devait compter 10,000 liv., ça allait tout seul.

LORRAIN.

Tu crois ça? Eh bien, en arrivant là-bas, j'appris que le duc de Salnelles venait de mourir... il ne laissait après lui qu'une fille, sœur aînée du marquis.

SAINT-JEAN.

Madame la comtesse, je la connais... tu as été lui réclamer la récompense promise.

LORRAIN.

Tu y serais allé, toi?

SAINT-JEAN.

Tout de suite.

LORRAIN.

Sans savoir si cette dame partageait les préjugés de son père, sans t'informer si, au lieu de te compter les 10,000 livres, elle ne croirait pas devoir te livrer à la justice pour bris de scellés et soustraction de pièces authentiques.... ce qu'elle n'eut pas manqué de faire, mon pauvre Saint-Jean, car elle avait trouvé dans les papiers de son père la lettre du marquis; lettre fort touchante qui révélait l'existence de ce fils sur lequel cette généreuse parente se sentait toute disposée à reporter la tendresse qu'elle avait eue pour son frère.

SAINT-JEAN.

C'était là un beau sentiment... qui t'a coûté 10,000 livres. J'y suis.

LORRAIN.

Tu n'y es pas du tout...

SAINT-JEAN.

Tu n'as pas perdu les 10,000 livres?

LORRAIN.

J'en ai gagné cent mille!

SAINT-JEAN.

Que tu as touchées?

LORRAIN.

Que je toucherai...

SAINT-JEAN.

Et qui te les payera?

LORRAIN.

Le jeune marquis de Salnelles.

SAINT-JEAN.

Que tu voulais dépouiller?

LORRAIN.

Quand cela devait me rapporter quelque chose, mais que je me suis empressé de faire l'héritier d'un grand nom... moyennant une récompense assez honnête, comme tu vois... Ces cent mille livres me seront comptées le jour où le séquestre mis sur les biens du marquis sera définitivement levé, ou bien encore sur la dot de la future marquise de Salnelles, et monsieur le marquis sera marié dans quinze jours.

SAINT-JEAN.

C'est admirable! décidément tu es plus fort que moi.

LORRAIN.

Fat!

SAINT-JEAN.

Mais il fallait encore mettre la main sur ce jeune homme; savais-tu donc où il était?

LORRAIN.

Non.

SAINT-JEAN.

Et tu l'as trouvé?

LORRAIN.

Oui.

SAINT-JEAN.

Comment as-tu fait?

LORRAIN.

J'ai cherché, voilà tout.

SAINT-JEAN.

C'est merveilleux ! Enfin, qui t'a mis sur la trace ?

LORRAIN.

Le hasard ! cet aveugle dieu qui protége toujours les hommes adroits et résolus.

SAINT-JEAN.

Ainsi, tu as rencontré le jeune marquis ?

LORRAIN.

Juste au moment où j'en avais besoin ; juste à Saint-Domingue, où la misère l'avait conduit. Ce jeune homme s'ignorait lui-même et se croyait un enfant perdu ; il était pauvre et sans nom, je l'ai fait riche et marquis de Salnelles.

SAINT-JEAN.

Et tu comptes sur sa reconnaissance ?

LORRAIN.

Elle est sur papier timbré.

SAINT-JEAN.

Mon cher monsieur Lorrain, vous êtes un grand homme et j'espère que vous m'aiderez de votre protection pour me réintégrer sur mon siége.

LORRAIN.

Sans doute... le marquis venu en France avec sa tante pour faire lever le séquestre qui pèse encore sur une partie de sa fortune, le marquis monte sa maison... j'étais même venu ici pour voir une personne qui sollicite la place de secrétaire.

SAINT-JEAN.

Comment ! vous vous êtes dérangé pour ça ?

LORRAIN.

J'avais mes raisons... mais je ne puis attendre davantage... Saint-Jean, mon chapeau.

SAINT-JEAN *va le chercher sur une chaise où Lorrain l'a déposé.*

Voilà, Monsieur Lorrain, voilà.

LORRAIN, *à part.*

Cette lettre au marquis était signée Armand, ancien élève du collége d'Amiens, et c'est sous le nom d'Armand, c'est au collége d'Amiens que le fils de M. de Salnelles... Je veux absolument causer avec ce jeune homme. (*Il tire son calepin de sa poche et écrit au crayon*)

SAINT-JEAN, *lui présentant son chapeau.*

Je vais dès aujourd'hui donner mon compte à ma maîtresse.

LORRAIN.

Une grande dame ?

SAINT-JEAN.

Non, une ex-danseuse, mademoiselle Coralie, qu'on appelle, je ne sais pourquoi, madame Henriot.

LORRAIN.

Coralie!

SAINT-JEAN.

Mauvaise baraque!

LORRAIN.

Ecoute, Saint-Jean, il est inutile de parler à cette dame du retour de monsieur de Salnelles; tu lui laisseras ignorer que tu rentres au service du marquis.

SAINT-JEAN.

Ça suffit.

LORRAIN, *à Geneviève.*

Madame, mon devoir me réclame à l'hôtel, voudrez-vous bien remettre à M. Armand ce petit mot, par lequel je lui donne rendez-vous pour aujourd'hui... Recommandez-lui, je vous prie, l'exactitude.

GENEVIÈVE.

Je n'y manquerai pas, Monsieur.

LORRAIN.

Indiquez-moi donc une place de voitures, on ne peut vraiment aller à pied dans ce cloaque.

SAINT-JEAN.

Une voiture de place pour vous, monsieur Lorrain... fi donc; permettez-moi de vous ramener à l'hôtel; ma maîtresse est à Saint-Eustache pour la moitié de la journée, et vous conduire sera un grand honneur pour mes chevaux et pour moi.

LORRAIN.

Flatteur! j'accepte... Madame, je vous remercie de votre hospitalité.

SAINT-JEAN, *s'en allant.*

J'ai ma place, madame Geneviève.

LORRAIN.

Si tu me conduis en dix minutes...

SAINT-JEAN.

Je ne vous en demande que sept; je mène les chevaux comme vous menez les affaires; j'accroche quelquefois, mais j'arrive.

LORRAIN.

Monsieur Saint-Jean, j'arrive toujours et je n'accroche jamais. Vous n'êtes qu'un imbécile. (*Ils sortent par la gauche; Jean-*

*Marie arrive par la droite, suivi de la mère Morand et autres dames de la Halle et précédé de la musique de la loterie.*)

## SCÈNE VII.

GENEVIÈVE, JEAN-MARIE, LA MÈRE MORAND, DAMES DE LA HALLE, MUSICIENS, L'OUVRIER, *puis* LÉONARD *et* JOSEPH.

JEAN MARIE, *au fond, s'adressant aux musiciens.*

Restez devant la porte, vous autres, et attendez mon signal. (*A la mère Morand et aux Dames qui arrivent avec des bouquets.*) Vous, mesdames, entrez et placez-vous là. (*Il les range à gauche.*) Vous, mettez-vous ici (*Aux ouvriers qui apportent une enseigne recouverte d'une toile.*) La patache de Versailles arrive à dix heures; madame Françoise revient par la patache; elle nous trouvera tous au poste.

GENEVIÈVE.

Ah çà, monsieur Jean-Marie... v'là encore que vous mettez not' maison sens dessus dessous. Me direz-vous à la fin pourquoi tout ce remue-ménage?

JEAN-MARIE.

C'est ma surprise.. Elle va éclater comme un feu d'artifice, et v'là le bouquet. (*Montrant l'enseigne recouverte.*)

GENEVIÈVE.

Qu'est-ce qu'il y a là-dessous?

JEAN MARIE.

Un mystère qui ne sera dévoilé qu'à l'arrivée de Françoise.

LÉONARD, *arrivant avec Joseph.*

Françoise? la v'là là-bas qui descend de la patache. Ah çà... que de monde ici... Quoi qu'il y a donc?...

JEAN-MARIE.

Arrivez, père Léonard; je vous ai gardé une place. Vous n'avez pas de fleurs, mais vous avez le petit; il vous servira de bouquet.

LÉONARD.

De bouquet? Mais ça n'est pas la Saint-François.

LA MÈRE MORAND.

C'est fête tout d'même, père Léonard.

JOSEPH, *au fond.*

V'là maman.

JEAN-MARIE.

Dévoilons le mystère. (*Il enlève la toile qui recouvrait l'enseigne; on lit en lettres d'or: « Françoise Maurice, orangère du roi. » Le est tout surmonté des armes de France.*)

GENEVIÈVE, *lisant.*

Françoise Maurice, orangère du roi !

LÉONARD.

C'est-y Dieu possible !

JEAN-MARIE.

C'est son brevet que Françoise est allée chercher à Versailles... La v'là... En avant la musique ! (*L'orchestre joue l'air : Où peut-on être mieux qu'au sein de sa famille. Françoise paraît au fond, elle jette en entrant son mantelet, et on voit alors le costume de gala des dames de la Halle, bonnet et fichu, de riches dentelles, robe de soie rouge, tablier à bavette en soie blanche, longues boucles d'oreilles, large croix d'or. A l'entrée de Françoise, Léonard a pris Joseph dans ses bras et le présente à sa mère. La mère Morand et les autres dames lui présentent leurs bouquets.*)

## SCÈNE VIII.

LES MÊMES, FRANÇOISE.

TOUS.

Vive Françoise ! vive l'orangère du roi !

FRANÇOISE, *avec émotion après avoir embrassé Joseph.*

Mon père... ma mère... mes amis... vous savez donc ?...

LÉONARD.

La grande nouvelle... Oui... nous venons de l'apprendre.

FRANÇOISE.

Par Jean-Marie, n'est-ce pas ?... Mais ce qu'il ne vous a pas dit, j'en suis sûre, c'est que c'est à lui que je dois le bonheur qui nous arrive... C'est lui, mon père, lui qui a demandé pour moi ce brevet.

LÉONARD.

Toi, Jean-Marie... t'as fait ça ?

JEAN-MARIE.

Eh bien ! ça prouve qu'on a du crédit zà la cour et qu'on s'en sert zà l'occasion.

FRANÇOISE, *qui a pris les bouquets.*

Vous ne m'avez pas encore laissé le temps de le remercier.

LÉONARD.

Au fait, c'est juste, tu lui dois bien quelque chose pour ça.

FRANÇOISE.

N'est-ce pas ?... Eh bien ! comme je n'ai jamais fait de dettes, je vas m'acquitter tout de suite. Jean-Marie, je paye à bureau ouvert... (*Elle tend sa joue.*) Prends.

JEAN-MARIE.

Hein ! vous dites ?

LÉONARD.

Elle te dit de l'embrasser.

JEAN-MARIE.

Moi!.. vrai?..

FRANÇOISE, *riant.*

Si ça te fait plaisir, pourtant.

JEAN-MARIE.

Si ça me fait plaisir, Dieu de Dieu!... (*Il l'embrasse sur une joue.*) Hum! velouté comme une pêche. (*Haut.*) L'autre, s'il vous plaît. (*Il l'embrasse.*) Ah! ferme comme un roc. (*Haut.*) Allez, la musique!

FRANÇOISE.

Non, assez de bruit comme ça; le voyage, l'émotion, ces fleurs, cette musique, tout ça me tourne un peu la tête. (*Sur un signe de Jean-Marie, les musiciens s'éloignent.*)

LA MÈRE MORAND.

Eh ben! faut laisser là la fête. Nous la ferons plus complète. A revoir, Françoise, à revoir, madame l'orangère du roi.

TOUTES.

A revoir.

FRANÇOISE.

A revoir et merci, mes bonnes voisines! (*La mère Morand et les Dames sortent.*)

JEAN-MARIE, *à l'ouvrier.*

Toi, mets l'enseigne en place, et décampe. (*L'ouvrier sort.*)

LÉONARD.

Grand sournois! il nous avait caché tout ça.

FRANÇOISE.

Je suis arrivée à Versailles ne sachant rien moi-même; et quand je suis sortie de chez M. le maître d'hôtel, j'étais encore toute interdite... mais bien heureuse en pensant à votre joie... (*Elle soupire en regardant Joseph.*)

GENEVIÈVE.

Pourquoi donc que tu soupires comme ça en nous disant que tu es heureuse?

FRANÇOISE.

Oui, j'ai tort... je ne devrais avoir que du contentement dans l'âme... Eh bien, malgré moi, je suis attristée... inquiète; j'ai comme le pressentiment d'un malheur.

LÉONARD.

Toi, ma fille! et pourquoi donc?

FRANÇOISE.

Ce matin, quand je suis partie, il faisait à peine jour; dans mon empressement à gagner la voiture, j'ai perdu le petit cœur d'argent que Maurice m'avait donné le jour de notre mariage.

JEAN-MARIE.

Bah! aujourd'hui, vous pouvez vous en donner deux en or.

FRANÇOISE.

Oh! ce bijou n'avait aucune valeur, je le sais bien; et pourtant, pour le ravoir, je donnerais tout ceux que j'ai là... Ce cœur renfermait des cheveux de Maurice... c'était tout ce que j'avais de lui.

JEAN-MARIE.

Ne vous désolez pas, on le retrouvera, Françoise; je le ferai tambouriner; il y aura une récompense honnête pour celui qui rapportera votre petit cœur d'argent.

## SCÈNE IX.

LÉONARD, FRANÇOISE, JEAN-MARIE, JOSEPH, ARMAND.

*(Armand mis simplement, mais dont la tournure est noble et distinguée, est entré sur les derniers mots de Jean-Marie, il s'avance vers Françoise et lui présente un petit cœur en argent.)*

ARMAND.

C'était donc à vous, madame Maurice... Je suis heureux de vous le rendre... le voilà.

GENEVIÈVE.

Monsieur Armand!

LÉONARD.

Le voisin d'en haut?

FRANÇOISE, *prenant le cœur.*

Oui, c'est bien cela... Oh! monsieur, je ne sais comment vous témoigner... ma joie... ma reconnaissance. *(Elle baise le petit cœur.)*

JEAN-MARIE.

Hum! l'aime-t-elle, ce Maurice; ça me crispe. *(Il frappe sur une chaise qui tombe en morceaux.)*

LÉONARD, *à Jean-Marie.*

Eh bien! quoi donc, tu casses les meubles?

FRANÇOISE.

Merci, monsieur Armand. Tenez... vous me faites plus heureuse qu'une reine.

GENEVIÈVE.

Moi, voisin, je vas vous apprendre une bonne nouvelle. On est venu tantôt vous demander, et on a laissé pour vous ce petit mot. On vous donne rendez-vous aujourd'hui à l'hôtel de Salnelles. (*Elle lui donne le papier laissé par Lorrain.*)

LÉONARD.

Hein! qu'est-ce que tu dis donc, femme?

GENEVIÈVE.

J'dis que tu vas être aussi ben joyeux, mon homme; ce jeune M. de Salnelles que tu désirais tant voir et qu'on croyait mort ou perdu... eh ben! il est retrouvé; il est revenu à Paris; il est à l'hôtel de son père.

LÉONARD.

Ça n'est pas possible, ça.

ARMAND, *après avoir lu le billet de Lorrain.*

C'est, en effet, chez M. de Salnelles qu'on m'engage à me présenter aujourd'hui.

FRANÇOISE.

Pour une place, sans doute.

ARMAND.

Oui, Madame.

FRANÇOISE.

Il faut y aller, monsieur Armand, y aller tout de suite.

LÉONARD.

Mais où était-il donc caché, ce jeune homme?

ARMAND.

Il arrive, m'a-t-on dit, de Saint-Domingue.

FRANÇOISE.

De Saint-Domingue!.. Ah! c'est là aussi qu'est Maurice.

JEAN-MARIE, *à part.*

Toujours son Maurice... Hum! si j'étais chez moi, je casserais tout.

FRANÇOISE.

Maurice... qu'il a peut-être connu...

LÉONARD, *à part.*

Je saurai ça pas plus tard que ce soir.

GENEVIÈVE.

On vous recommande bien d'être exact, monsieur Armand.

ARMAND, *qui, déjà pâle, semble s'affaiblir encore.*

Oui... l'heure qu'on m'indique approche, et je vais... (*Arrivé près de la porte, il s'arrête, et, se sentant chanceler, s'appuie contre un des montants.*)

FRANÇOISE.

Eh bien!.. qu'avez-vous donc?

ARMAND, *cherchant à se remettre.*

Oh! ce ne sera rien... Un peu de faiblesse, voilà tout... Adieu, madame Maurice.

FRANÇOISE.

Au revoir, et bonne chance.

ARMAND.

Merci... (*Il fait encore quelques pas, mais s'arrête et chancelle.*)

GENEVIÈVE.

Mon Dieu! il va tomber!

LÉONARD.

Oh! mais je suis là, moi. (*Il le soutient.*)

FRANÇOISE.

Vite... une chaise.

JEAN-MARIE.

Voilà. (*On fait asseoir Armand dont les yeux sont fermés et dont la tête reste penchée sur l'épaule de Léonard.*)

LÉONARD.

Eh bien, jeune homme... qu'est-ce que c'est que ça, donc?

JEAN-MARIE.

C'est une femmelette que ce garçon-là... ça n'a pas de sang dans les veines.

GENEVIÈVE, *qui le regardait et qui lui a pris la main.*

Miséricorde! si c'était...

LÉONARD *et* FRANÇOISE.

Quoi donc?

GENEVIÈVE, *à mi-voix.*

Le besoin.

FRANÇOISE.

Ah! le malheureux!!! Vous avez raison, ma mère... vite...

LÉONARD.

Un bouillon...

JEAN-MARIE.

Du vin.

GENEVIÈVE.

J'ai là tout ce qu'il faut. . viens, Joseph! Viens vite. (*Elle entre à gauche avec Joseph.*)

JEAN-MARIE.

En attendant je vas lui frapper dans la main, j'ai une manière à moi... ça fera revenir un mort.

FRANÇOISE.

Prends garde! (*Geneviève reparaît portant un bouillon dans une tasse. Joseph la suit, il porte une bouteille et un verre. Françoise a pris sur une planche de sa boutique un flacon d'eau de Cologne. Avec son mouchoir, elle frotte les tempes d'Armand, son front et ses mains; celui-ci rouvre les yeux.*)

LÉONARD.

V'là qu'il revient.

ARMAND, *voyant tous les soins dont on l'entoure, la tasse de bouillon et le vin qu'on lui offre, se couvre le visage de ses mains.*

Ah ! vous avez compris ! vous avez compris !

LÉONARD.

Que vous aviez besoin de prendre quelque chose... Eh bien, il n'y a pas de deshonneur à ça... nous avons connu la faim aussi nous autres ; nous nous sommes couchés plus d'une fois le soir en remettant le souper au lendemain, et ça n'était faute d'appétit.

FRANÇOISE, *présentant le bouillon à Armand.*

Prenez, monsieur ; mon père vous l'a dit, nous avons été malheureux... et les malheureux ne forment qu'une famille.

ARMAND, *baisant les mains de Françoise.*

Merci ! merci !

LÉONARD, *bas à Jean-Marie.*

Je lui ai dit ça... mais c'est égal, ça humilie toujours... et nous sommes trop de monde ici... viens-t'en... laissons-le avec les femmes, elles s'entendent mieux que nous à soigner les malades.

CABOCHE, *paraisssant au fond.*

Eh ! père Léonard... père Léonard !

LÉONARD.

Qué que tu me veux ?

CABOCHE.

Moi, rien... mais il y a devant votre porte un particulier qui arrive de Clermont-Ferrand et qui dit comme ça qu'il a une lettre pour vous. (*Il sort.*)

LÉONARD.

Une lettre... merci, Caboche, je m'en y vas... viens-tu, toi ?

JEAN-MARIE, *en contemplation et à Léonard.*

Regardez donc, père Léonard.

LÉONARD.

Qui ?... ce jeune homme ?

JEAN-MARIE.

Non... votre fille... est-elle belle comme ça... ses yeux qu'étaient des étincelles tout à l'heure, c'est du velours à présent. Oh ! c'est pas une déesse... non... c'est une divinité !... c'est fini !... je n'y tiens plus !

LÉONARD.

Où vas-tu ?

JEAN-MARIE.

Faire mon paquet.

LÉONARD.

Encore des bêtises.

JEAN-MARIE.

C'est pour ne pas en faire que je m'en vas .. Ce que j'avais dans le cœur... me monte à la tête... les deux baisers de tantôt ça a mis le feu zaux poudres ; si je restais, j'éclaterais!

LÉONARD.

Viens ; le froid te calmera... grand imbécile. (*Ils sortent tous deux ; pendant ce temps Armand est tout à fait revenu à lui.*)

FRANÇOISE.

Encore un peu de ce vin.

ARMAND.

Merci, madame; je suis bien, tout à fait bien maintenant.

FRANÇOISE, *donnant le verre et la bouteille à son fils.*

Emporte tout ça, Joseph!

GENEVIÈVE.

Et viens t'habiller... voilà bientôt l'heure de la messe (*Elle emmène Joseph ; ils sortent par la gauche.*)

ARMAND, *essayant de se lever.*

Je ne veux pas vous retenir, madame Maurice.

FRANÇOISE, *l'arrêtant.*

Secourir celui qui souffre, c'est faire plus que prier Dieu, c'est le servir; attendez que vos forces soient tout à fait revenues attendez... je vous en prie... je le veux.

ARMAND.

Je vous obéis, madame Maurice... je resterai non pour vous témoigner ma reconnaissance trop stérile, hélas! mais pour vous dire que ma misère, que je cachais à tous, n'est pourtant pas une honte; ce n'est pas la paresse qui m'a fait pauvre, non... j'ai demandé du travail, j'en ai demandé à tout le monde, pour gagner ma vie... mais je n'en ai pas toujours trouvé; pour vivre, il me restait encore l'aumône... mais, plutôt que de mendier... je me serais laissé mourir.

FRANÇOISE.

Ah! monsieur Armand... repousser la charité, c'est de l'orgueil...

ARMAND.

Oui, madame, c'est de l'orgueil...

FRANÇOISE.

Orgueil de race. Vous êtes gentilhomme, sans doute?

ARMAND.

Moi, madame... je n'ai pas de famille... Un homme de bien, dont j'ignore le nom, m'a fait élever au collége d'Amiens... j'en allais sortir... une carrière honorable devait m'être ouverte, tout à coup ma pension cessa d'être payée, mon protecteur ne reparut plus. Jeté dans le monde, sans ressource, sans appui, je cherchais, du moins, à profiter de l'éducation que j'avais reçue; mais, isolé comme je l'étais, je trouvai toutes les portes fermées; quelques copies me donnaient à peine de quoi vivre. Dans la même maison que moi, habitait un bon et honnête garçon qui devina ma misère et s'y intéressa; grâce à son zèle, j'obtins une place de commis chez l'intendant d'un grand seigneur.

FRANÇOISE.

Vous avez perdu cette place?

ARMAND.

Oh! par ma faute, madame; moi, le salarié d'un serviteur du comte de Crémancé, j'ai osé aimer la fille de ce noble gentilhomme et j'ai pu lui inspirer un sentiment plus tendre que la pitié. Mon amour était sans espoir, et je cherchais à l'étouffer dans mon sein; mais je ne l'y cachai pas si profondément qu'il ne pût être deviné. Il y a un mois, je fus chassé comme un valet insolent!... Alors, je ne me suis plus senti, comme autrefois, de la force pour lutter contre le malheur... Mais, cet ami que la bonté du ciel m'avait donné ne se décourageait pas, lui; il s'inquiéta pour moi d'une autre place, m'offrit de partager le peu de ressources qu'il possédait lui-même, et si je lui ai caché mon absolu dénûment, c'est que je ne voulais pas que pour moi il s'imposât des privations trop cruelles.

FRANÇOISE.

Cet ami qui vous est venu si généreusement en aide... quel est-il donc?

## SCENE X.

LES MÊMES, EUSTACHE, *apercevant Armand dans la boutique, entre vivement.*

ARMAND, *l'apercevant.*

Le voilà, madame.

FRANÇOISE.

Eustache!

ARMAND.

C'est lui qui me protége et me soutient. Oh! je n'ai jamais rougi de ses bienfaits, j'aurais refusé l'argent de l'aumône, j'ai accepté le pain du pauvre.

FRANÇOISE, *à Eustache.*

Bien, mon ami! oh! c'est bien!

EUSTACHE.

Il n'y a pas de mérite à ce que j'ai fait là, madame Maurice. Tant que j'ai cru mon voisin à son aise, je lui ai demandé comme aux autres... et il me donnait toujours... Quand plus tard j'ai su qu'il était plus malheureux que moi, je me suis dit : c'est à mon tour à lui donner à présent, et je ne lui ai pas encore tout rendu. Mais ce n'est pas de cela qu'il s'agit. Je suis déjà venu ce matin pour vous voir, monsieur Armand.. êtes-vous allé rue de l'Echelle? vous êtes-vous présenté pour demander la place en question?

ARMAND.

J'ai écrit.

EUSTACHE.

On ne vous répondra pas.

ARMAND.

On m'a répondu... on me recevra aujourd'hui à l'hôtel de Salnelles.

FRANÇOISE.

Il ne faut pas manquer au rendez-vous qu'on vous donne.

EUSTACHE.

Certes! Pour quelle heure est le rendez-vous?

ARMAND.

De midi à cinq heures.

EUSTACHE.

Bon, vous avez le temps de faire une petite station à Saint-Eustache; je viens d'y voir arriver dans son carrosse mademoiselle de Crémancé avec sa gouvernante; j'ai supposé que ça vous ferait plaisir de savoir qu'elle était là.

ARMAND.

Oh! la voir un instant... lui dire un dernier adieu... tu as raison... ce sera du bonheur!...

FRANÇOISE.

Prenez garde, monsieur! Comment sans attirer les regards vous approcher de mademoiselle de Crémancé... comment lui parler?..

EUSTACHE.

Rien de plus facile: en sortant de la messe elle me donne toujours, faites-moi l'aumône en même temps; alors, vous serez près d'elle, vos regards, vos mains se rencontreront... et vous pourrez comme ça vous dire adieu!

ARMAND.

Oui... c'est cela, mais...

EUSTACHE.

Je comprends... ne vous inquiétez pas; en route, je vous prêterai ce que vous me donnerez. (*On sonne à l'église.*) Mais venez vite, on sonne la grand'messe, je ne voudrais pas faire perdre une recettre à la mère Boby.

ARMAND.

Adieu, monsieur Maurice; votre bonté... son dévoûment me donneront du courage.

FRANÇOISE.

Au revoir, monsieur Armand; si vous n'obtenez pas la place qu'on vous fait espérer, eh bien, les dames de la Halle ont du crédit aussi; je suis orangère du roi, je pourrai donc beaucoup pour mes amis, et vous me permettrez d'être de moitié avec

Eustache; nous serons maintenant deux à vous protéger, deux à vous aimer. (*Elle lui tend la main, Armand la porte à ses lèvres et part avec Eustache; au même instant Geneviève entre amenant Joseph.*)

GENEVIÈVE.

Françoise, quand tu voudras partir, Joseph est prêt.

FRANÇOISE.

Merci, bonne mère... Joseph, donne-moi mon mantelet.

GENEVIÈVE.

Jusqu'à ce que Fanchonnette ait mis les volets je resterai pour garder la maison. (*Pendant ces derniers mots Léonard a paru au fond; il est pâle et paraît ému.*)

## SCÈNE XI.

LES MÊMES, LÉONARD.

LÉONARD.

Où vas-tu, Françoise?

FRANÇOISE.

A l'église, mon père?

LÉONARD.

A l'église?

FRANÇOISE.

Je vais avec Joseph prier pour Maurice.

LÉONARD.

Maurice... tu iras plus tard, Françoise... parce que... je suis venu pour... enfin, j'ai à te parler.

FRANÇOISE.

A moi?... alors, ma mère conduira Joseph, j'irai les rejoindre tout à l'heure.

LÉONARD.

C'est ça.

GENEVIÈVE, *à part, après avoir examiné Léonard.*

Comme Léonard est pâle! comme il est défait... Ah mon Dieu! est-ce qu'il aurait découvert...(*Allant à lui.*) Léonard, quoi qu'il y a donc?

LÉONARD, *à mi-voix.*

Tu le sauras toujours assez tôt.

GENEVIÈVE, *avec effroi.*

C'est donc un malheur?

LÉONARD, *montrant Françoise.*

Chut!.. emmène le petit... et embrasse-moi, femme, embrasse-moi pour me donner du cœur. (*Il embrasse Geneviève.*)

GENEVIÈVE, *à part.*

Il m'a embrassée! oh! il ne sait rien, mon Dieu! il ne sait rien. (*Elle prend Joseph par la main et sort.*)

### SCENE XII.

LÉONARD, FRANÇOISE.

LÉONARD, *regardant Françoise et à part.*

Chère enfant! si heureuse ce matin... à présent encore... et tout à l'heure !...

FRANÇOISE, *qui a reconduit Joseph et qui l'a suivi des yeux, revenant à Léonard.*

Me voilà, père! qu'avez-vous donc de si pressé à me dire?

LÉONARD, *hésitant.*

Ça presse... oui... parce que, vois-tu... aujourd'hui .. c'est fête... tout le monde se réjouit.

FRANÇOISE, *gaiement.*

C'est tout simple!.. le carnaval ne revient pas deux fois dans l'année... tantôt, après votre journée faite, vous viendrez finir le dimanche ici, Jean-Marie soupera avec nous... au dessert vous lui direz quelque vieille histoire de notre bonne Auvergne... vous ferez danser une bourrée à notre petit Joseph et nous trinquerons à la santé et au retour de Maurice.

LÉONARD, *à part.*

J'avais raison... fallait lui annoncer ça tout de suite... elle ne m'aurait pas pardonné demain sa gaîeté d'aujourd'hui.

FRANÇOISE.

De Maurice, que nous reverrons bientôt, j'en suis sûre à présent.

LÉONARD.

Te v'là bien fringante à c'te heure, Françoise, et ce matin tu étais au contraire toute triste... tu avais comme un pressentiment de malheur.

FRANÇOISE, *baisant le petit cœur d'argent.*

Je ne l'ai plus.

LÉONARD.

Ah!.. Eh ben! il m'est revenu à moi ce pressentiment-là.

FRANÇOISE.

A vous?

LÉONARD, *embarrassé.*

Tiens... assieds-toi, Françoise, assieds-toi comme si j'en avais long à te conter. (*Il lui avance une chaise.*)

FRANÇOISE, *qui le regarde plus attentivement.*

Comme vous êtes ému... père... on dirait que vous tremblez; vous est-il arrivé quelque chose?

LÉONARD.

A moi?... non... c'est-à-dire... si... car, tout ce qui te touche vois-tu... je t'aime tant, ma Françoise! (*Il la baise au front.*) Qu'est-ce que je disais donc?

FRANÇOISE, *inquiète.*

Vous me parliez de pressentiment.

LÉONARD.

Ah! oui... c'est ça... le tient t'était venu à propos de la perte de ce petit bijou-là... le mien m'est venu...

FRANÇOISE.

D'un rêve peut-être?

LÉONARD, *vivement.*

Oui, oui, c'est ça... tu sais comme je me gaussais quelquefois de ma bonne Geneviève qui rêve presque toutes les nuits et qui nous soutenait que les songes étaient des avertissements d'en haut... Eh bien, je commence à croire qu'elle avait raison, Françoise... j'ai fait un rêve cette nuit, et c'est ce rêve-là que je suis venu te dire!

FRANÇOISE.

Parlez-vous sérieusement, père?

LÉONARD.

Si tu me regardais bien, Françoise, tu verrais que j'ai pleuré.

FRANÇOISE.

Pleuré! vous!.. vous, mon père!.. Oh! vous me faites peur!

LÉONARD.

Écoute, Françoise, et laisse ta main dans la mienne pendant que je parlerai... il me semble que ça m'aidera... Cette nuit j'ai rêvé de... de Maurice.

FRANÇOISE.

De Maurice!

LÉONARD.

Oui... je le voyais ce brave garçon... je le voyais là-bas... tout là-bas, où il est allé pour chercher fortune... et il était... malade.

FRANÇOISE.

Malade!

LÉONARD.

Bien malade! et un médecin disait, en s'éloignant de lui: c'est la fièvre jaune.

FRANÇOISE.

Et ce médecin le condamnait?

LÉONARD.

Je ne sais pas... tout d'un coup je me trouvai ici... chez toi... tranquille... heureux... ne me doutant de rien... puis, un camarade m'appelait pour me dire qu'un étranger était à la maison, et m'apportait une lettre adressée de Saint-Domingue à Clermont-Ferrand... Je courus chez moi... avec Jean-Marie... l'étranger m'y attendait... c'était un voyageur qui s'était chargé du message... je donnai la lettre à lire à Jean-Marie.

FRANÇOISE.

Eh bien!... cette lettre...

LÉONARD, *tirant une lettre de sa poche.*

Cette lettre... Françoise... la voilà. (*Il la lui présente.*)

FRANÇOISE.

Ah! ce n'était donc pas un rêve. (*Prenant la lettre.*) Une lettre!... (*la regardant*) qui n'est pas de lui! et vous avez pleuré?... Ah! Maurice est mort!

LÉONARD.

Je te fais bien du mal, ma pauvre enfant, mais je devais tout te dire... je ne pouvais plus te laisser calme et joyeuse, moi qui te savais veuve!

FRANÇOISE.

Mort!

LÉONARD.

Françoise... c'est un coup terrible, je le sais... mais pour te donner du courage, pense à Joseph... à Joseph... souvenir vivant de son père. Je ne te parle pas de moi, de ta mère... des vieux parents comme nous, ça ne peut rien remplacer... Si le bon Dieu avait eu pitié de nous, il m'aurait pris, moi, et il aurait laissé le mari à la femme, le père à l'enfant! Françoise, tu étouffes... tu ne peux pas pleurer... Françoise, entends-moi donc! (*Françoise, frappée de stupeur, est restée comme immobile et sourde. Geneviève entre en ce moment avec Joseph, qui court à sa mère.*)

## SCÈNE XIII.

### FRANÇOISE, LÉONARD, GENEVIÈVE, JOSEPH.

JOSEPH.

Maman, tu n'es donc pas venue avec nous à l'église?

FRANÇOISE.

Ah! Joseph!... mon enfant! mon enfant! (*Elle presse Joseph contre son cœur et sanglotte.*)

LÉONARD.

Elle pleure!... elle est sauvée!

GENEVIÈVE.

Qu'est-il donc arrivé?

LÉONARD.

Chut! (*Il parle bas à Geneviève.*)

JOSEPH.

Ne pleure donc pas, maman!... j'ai bien dit mes prières, et nous reverrons bientôt papa.

FRANÇOISE.

Ton père !... Pauvre enfant !... Non, tu ne le verras pas !... ton père est mort !...

JOSEPH.

Mort !... Grand'mère, où donc va-t-on quand on est mort ?...

GENEVIÈVE.

Ton pauvre père est avec le bon Dieu.

JOSEPH.

Maman, je veux voir papa... Je veux aller avec le bon Dieu aussi.

FRANÇOISE.

Toi ! toi ! mon Joseph ! mon trésor ! ma vie à présent !... Oh ! non, non !... Dieu a ses anges, les mères ont leurs enfants ! Viens, nous allons prier pour toi, pour Maurice... mon bien-aimé, qui voulait nous faire riches, heureux, et qui est mort là-bas, tout seul, sans secours !... Oui, on aura eu peur de gagner la fièvre, on l'aura abandonné !... La terre, avant de recouvrir un cadavre, aura peut-être éteint les cris de Maurice vivant encore, de Maurice qui nous appelait, de Maurice que j'aurais sauvé si j'avais été là !... Oh ! j'étouffe ! j'étouffe ! de l'air ! de l'air !

## SCENE XIV.

Les Mêmes, MAURICE, *en voiture*, UN COUREUR. (*A ce moment, des cris de* Gare ! gare ! *se font entendre ; une foule de bourgeois s'entr'ouvre pour faire place à un carrosse qui ne peut avancer qu'au pas.*)

MAURICE, *mettant la tête à la portière.*

Eh bien ! est-ce qu'on ne passe pas dans cet affreux quartier ?...

FRANÇOISE, *qui était tournée vers le fond, lève la tête.*

Mon Dieu ! cette voix !... (*Elle regarde le Marquis.*) Ah ! c'est lui ! c'est Maurice !

LE COUREUR.

Allons donc, messieurs ! place à l'équipage de M. le marquis de Salnelles !

FRANÇOISE.

Le marquis de Salnelles !

LÉONARD, *à part.*

Le marquis de Salnelles !

FRANÇOISE.

Le marquis de Salnelles !... Oh ! j'étais folle !... oui, folle !... (*Elle tombe sur sa chaise, où viennent l'entourer Léonard et Geneviève.*)

# ACTE II.

Chez Léonard. — L'intérieur propre, mais très-modeste d'un ménage d'ouvriers. — Ce logemnt est au rez-de-chaussée. Au fond, une fenêtre qui ouvre sur la cour. — A droite, la porte de la chambre à coucher. — A gauche, une autre porte communiquant avec l'extérieur. — A droite, une table.

---

## SCENE I.

GEVEVIÈVE *seule. Elle vient du dehors et parle à quelqu'un qu'on ne voit pas.*

Bien obligée, voisine Morand, c'est pour amuser ce soir mon petit Joseph, auquel on n'a pas pu cacher l'événement, et qui est bien triste, le pauvre enfant... Je vous rendrai ça demain. (*Elle entre et ferme la porte.*) Allons, encore un mensonge!... Mais devant le mari de la voisine, je n'aurais jamais osé dire que c'était pour moi que j'empruntais ce jeu de cartes... Les cartes, ça ne dit pas toujours la vérité... mais ça donne du courage à attendre... Léonard n'est pas encore près de rentrer... j'ai du temps devant moi, je veux connaître mon sort. (*Elle va vers la table placée à la droite du public. En traversant le théâtre, elle se se heurte le pied contre un carreau de la chambre qui est hors de sa place.*) O ciel! ce carreau que j'ai dérangé ce matin, j'avais oublié de le remettre en place... Et mon homme qui pouvait revenir avant moi! (*Elle pose les cartes sur la table, et revient s'agenouiller près du carreau. Avant de le replacer, elle contemple en frémissant l'espace vide creusé dans le sol.*) S'il avait vu, Seigneur mon Dieu! c'était fait de moi! (*Regardant le carreau.*) Rien! plus rien! Et, il y a trois ans, il y avait là... Oh! mais ce vide qui m'effraye, il n'existera plus demain... c'est aujourd'hui le tirage! et mes numéros sortiront... Oui, ils sortiront. (*Elle entend ouvrir la porte à gauche, et replace rapidement le carreau. Elle se lève, met le pied dessus, et demande avec terreur :*) Qui est là?

## SCENE II.

GENEVIÈVE, EUSTACHE.

EUSTACHE, *se tenant un œil caché avec la main.*

N'ayez pas peur, c'est moi... Je viens en passant vous demander un peu d'eau fraîche pour bassiner mon œil.

GENEVIÈVE.

Bah ! qu'est-ce qu'il lui est donc arrivé ?

EUSTACHE.

Voyez vous-même... je ne sais pas au juste. (*Il montre son œil noir et gonflé par une meurtrissure.*)

GENEVIÈVE.

Ah ! mon pauvre garçon !... tu t'es fait bien du mal !

EUSTACHE.

C'est un coup de poing que j'ai donné.

GENEVIÈVE.

A toi-même ?

EUSTACHE.

Non... à un autre... Il m'a valu celui-là.

GENEVIÈVE, *qui a pris de l'eau dans un verre et un petit morceau de toile.*

Assieds-toi, je vais te bassiner ça. (*Elle lui bassine l'œil.*) Comment, Eustache ! toi que je croyais calme et pacifique... tu donnes des coups de poing ?

EUSTACHE.

Et des solides... A votre service, madame Léonard.

GENEVIÈVE.

Merci.

EUSTACHE.

Non, vous ne comprenez pas... Je veux dire, c'est à votre occasion que j'ai envoyé sur le nez ce qu'on m'a rendu sur l'œil.

GENEVIÈVE.

A mon occasion ?

EUSTACHE.

V'là ce que c'est ; vous savez, Caboche, le mari de Javotte la Savoyarde... Il venait apporter de l'eau chez la buraliste, quand j'ai pris votre billet... Il m'a demandé pour qui je faisais cette commission-là...

GENEVIÈVE.

Ah çà ! tu n'as pas dit...

EUSTACHE.

Je crois bien... un camarade au père Léonard ! Mais je ne pouvais pas dire non plus que c'était pour la mère Boby... La pauvre femme ! si seulement on la soupçonnait... ça lui ferait du tort au parvis de Saint-Eustache .. J'ai répondu tout bonnement à Caboche que c'était pour moi.

GENEVIÈVE.

Bien, mon garçon !

EUSTACHE.

Il m'avait vu donner le jaunet à la buraliste... Alors il m'a dit que je méritais d'être dénoncé à la justice, attendu que pour mettre une pareille somme sur un billet de loterie, fallait l'avoir volée !

GENEVIÈVE.

Volée !

EUSTACHE.

Comme je sais bien que vous êtes incapable de mériter cette apostrophe-là, ce qu'il me disait pour moi, je m'en suis vengé pour vous ; j'ai fait la demande, v'là sa réponse... Il est possible que vous ne gagniez pas au tirage, mère Léonard ; mais il m'aura toujours rapporté quelque chose.

GENEVIÈVE.

Ah ! ne dis pas que je peux perdre, Eustache, car si je ne gagne pas aujourd'hui...

EUSTACHE.

Eh bien !.. si la chance s'obstine à tourner mal, vous la laisserez aux autres... du moment que vous n'avez risqué que ce qui était à vous.

GENEVIÈVE.

Mais non, v'là mon mon malheur... ce n'était pas à moi.

EUSTACHE.

Comment, toutes ces pièces d'or !...

GENEVIÈVE, *tressaillant.*

Tais-toi ! il y a quelqu'un dans la cour...

## SCENE III.

LES MÊMES, LÉONARD.

(*Léonard dans la cour, au dehors, ouvre la fenêtre du fond ; on voit son âne et un tonneau dans la cour.*)

LÉONARD.

Femme !

GENEVIEVE, *à part, avec effroi.*

Léonard !

LÉONARD.

Passe-moi la clef de l'écurie... je viens remiser mon tonneau.

EUSTACHE, *allant porter la clef à Léonard.*

Je sais où elle est la clef... la v'là, père Léonard.

LÉONARD.

Merci, garçon. (*A Geneviève*). Ça t'étonne, n'est-ce pas, que j'aie déjà fini ma journée ?

GENEVIÈVE, *qui était distraite.*

C'est vrai... tu n'as pas l'habitude de rentrer si tôt.

LÉONARD.

C'est que j'ai une course à faire... je te conterai ça. (*Il ferme la fenêtre et disparaît.*)

## SCENE IV.

### GENEVIÈVE, EUSTACHE.

EUSTACHE.

A présent vous allez me dire dans quoi j'ai trempé... ça m'inquiète, mère Léonard... il paraîtrait que j'ai donné à Caboche un coup de poing que je ne lui devais pas.

GENEVIÈVE.

C'est vrai que je suis bien coupable, mais moins que tu ne le supposes, mon ami.

EUSTACHE.

Il n'est pas possible que vous ayez arrêté des diligences et dévalisé les voyageurs... vous n'êtes pas une Cartouche n'est-ce, pas?

GENEVIÈVE.

Je t'ai dit que cet or n'était pas à moi; malgré ça j'avais droit à ma part... car tout ce que Léonard possède, c'est à nous deux.

EUSTACHE.

Ah! ce n'est qu'une affaire de ménage?... Alors, Caboche peut garder mon coup de poing... au fait, il me l'a rendu...

GENEVIÈVE.

Je ne sais pourquoi Léonard m'avait fait mystère de sa petite fortune; mais je ne me doutais de rien, quand il y a trois ans, à l'époque où nous avons quitté la rue de l'Echelle pour venir habiter près de Françoise, une nuit, qu'il me croyait endormie, Léonard se leva tout doucement. Quoiqu'il n'eût donné qu'une faible lueur à la lampe, qu'il avait rallumée, moi, qui le suivais des yeux, je le vis tirer d'un de ses seaux un sac qui paraissait bien plein et bien lourd, il vint dans cette chambre... je le guettais toujours... Il descella un des carreaux, celui-ci... et puis, après avoir fouillé longtemps la terre avec son couteau, il cacha le sac dans le trou qu'il venait de creuser. Le lendemain, pendant que Léonard faisait ses courses dans le quartier, je revins à la cachette, je soulevai le carreau, j'ouvris le sac, il était plein d'or!... Quand on ne gagne bien juste que pour vivre, se donner le nécessaire, c'est toute l'ambition qu'on a; mais dès qu'on se voit un peu riche, on veut le devenir plus encore... C'est cette idée-là qui m'a perdue! D'ailleurs, j'avais toujours eu le pressentiment que la loterie nous gardait une fortune! Et le moyen de tenter la chance était là, sous ma main! Je n'ai pas pu y résister. Je pris une première pièce d'or; celle-là perdue, il fallait bien en risquer une autre, et puis, de perte en perte, je suis arrivée à la fin du trésor sans pouvoir me rendre compte de ce qu'il renfermait... Tu le vois ben, Eustache, aujourd'hui, si je perds, tout est fini pour moi... ou je me détruirai, ou Léonard me tuera!

EUSTACHE.

Allons, ne vous désolez pas d'avance, mère Léonard, vous devez gagner... vos numéros sont excellents... La buraliste, qui s'y connaît, m'a dit que c'était les plus âgés de la famille...

GENEVIÈVE.

Mais tu ne m'as pas encore donné mon billet.

EUSTACHE, *machinalement.*

C'est vrai. (*Tirant le billet de sa poche.*) Les voilà ces respectables vieillards, la buraliste a copié votre papier.

GENEVIÈVE, *lisant le billet.*

C'est ça, 23, 45, 62 et 77.

EUSTACHE.

Oui, et 67.

GENEVIÈVE.

Tais-toi, v'là ma fille!

EUSTACHE.

C'est juste, motus. (*A voix basse.*) Je vas au tirage, je vous rapporterai la liste. (*Haut.*) Salut, madame Maurice, sans oublier la compagnie. (*Il sort.*)

## SCENE V.

FRANÇOISE, GENEVIÈVE.

Te v'là chez nous, mon enfant.... t'as bien fait de venir.... la solitude ne vaut rien quand on est triste.

FRANÇOISE, *qui va et vient et semble préoccupée par une idée.*

Oui, je venais pour... (*S'interrogeant.*) Pourquoi donc suis-je venue?..

GENEVIÈVE.

T'avais sans doute quelque chose à me dire.

FRANÇOISE.

Non... non... je suis sortie de la maison sans but, sans motif, seulement parce que je ne pouvais plus tenir en place... alors, j'ai marché tout droit devant moi, au hasard, et je me suis trouvée près des Tuileries, à côté de la pauvre petite maison où demeurait mon père, quand nous sommes venues le rejoindre à Paris.

GENEVIÈVE.

Oui, rue de l'Échelle, où nous demeurions encore quand Maurice t'envoya cette somme de mille écus.

FRANÇOISE.

Son unique envoi, son dernier souvenir.

GENEVIÈVE.

Tu as voulu revoir l'endroit qui te rappelait ce jour-là...

FRANÇOISE.

Ce que je voulais revoir surtout, c'est l'hôtel qui fait face à notre ancienne demeure.... Cet hôtel, autrefois triste et fermé comme un tombeau, à présent ouvert à tout le monde, plein de mouvement et de bruit... C'était pour moi comme une résurrection.... et pendant que j'étais là.... je ne croyais plus à mon deuil.

GENEVIÈVE.

Ainsi, ça t'a fait un peu de bien, mon enfant?

FRANÇOISE.

Oui, d'abord... j'avais un espoir... mais j'ai attendu bien longtemps, et je ne l'ai pas vu revenir.

GENEVIÈVE.

Revenir? qui donc attendais-tu?

FRANÇOISE, *vivement.*

Personne, ma mère, personne! Est-ce que j'ai quelqu'un à attendre à présent?

GENEVIÈVE, *regardant Françoise avec inquiétude.*

Pauvre veuve!... après le coup qui t'a frappée, si je ne savais pas combien tu es courageuse et forte... à la façon dont tu parles j'aurais peur... je croirais... (*Elle s'arrête.*)

FRANÇOISE, *achevant.*

Que je suis folle, n'est-ce pas?... vous n'en douteriez pas, si je vous disais l'idée qui me poursuit... idée à laquelle je ne crois pas et qui pourtant me revient toujours!

GENEVIÈVE.

Une idée?

FRANÇOISE.

C'est que Maurice n'est pas mort.

GENEVIÈVE.

Pauvre femme! accepte chrétiennement l'épreuve que Dieu t'envoie et n'espère plus rien.

FRANÇOISE.

Pourtant, s'il était mort, je pleurerais, ma mère... et tenez, voyez... dans mes yeux pas de larmes... pas de larmes!

GENEVIÈVE, *à elle-même, s'asseyant à gauche et se mettant à coudre.*

C'est vrai... et c'est bien plus effrayant.

FRANÇOISE, *comme par réflexion.*

Dites-moi, ma mère... Maurice ne nous a jamais parlé de sa famille, n'est-ce pas?

GENEVIÈVE.

Sa famille? tu sais bien qu'il ne l'a jamais connue... il nous a répété cent fois qu'il était un enfant abandonné.

FRANÇOISE.

Oui, élevé par charité dans un collége où on l'a gardé pour servir d'exemple aux autres élèves, parce qu'il était le plus savant... il remportait tous les prix... c'est même ce qui, plus tard, lui a donné des idées d'ambition.

GENEVIÈVE.

Il avait son idée fixe aussi, lui... il ne se croyait pas né pour son état.

FRANÇOISE, *à elle-même.*

C'était peut-être le pressentiment de l'avenir. (*Haut.*) Dites donc, maman, il n'y a pas que dans les pauvres familles qu'on abandonne ses enfants... parfois, pour d'autres raisons que la misère, des grands seigneurs ont pu confier aussi de malheureux petits êtres à la garde de Dieu.

GENEVIÈVE.

Sans doute, ça s'est vu.

FRANÇOISE.

Eh bien! alors, pourquoi Maurice ne serait-il pas?..

GENEVIÈVE.

Maurice? En vérité, je ne te comprends pas, Françoise; tu reçois aujourd'hui l'acte de décès de ton mari, et tu parles de lui comme s'il était encore de ce monde.

FRANÇOISE.

Je vous l'ai dit, ma mère, l'annonce de sa mort n'est pas une preuve pour moi. Je n'ai pas été frappée au cœur. J'existe encore, c'est que Maurice est vivant! Vous me dites que je l'ai perdu, je vous réponds, moi, que je l'ai revu.

GENEVIÈVE.

Revu!

FRANÇOISE.

Je le vois encore. (*Elle s'assied près de la table.*)

GENEVIÈVE, *à part.*

Sa pauvre tête n'y est plus!

FRANÇOISE, *prenant les cartes machinalement, les étale sur la table et les regarde attentivement. — A elle-même.*

Il y a pourtant des gens qui prétendent que la destinée est écrite là-dedans... ces gens-là y lisent, comme dans un livre, les secrets du passé, les mystères de l'avenir... C'est impossible!

ils se trompent! Pourtant, si c'était vrai! (*Elle cherche à disposer les cartes.*) Je ne sais pas même comment on les place.

GENEVIÈVE, *à part, levant la tête.*

Que fait-elle donc? (*Elle se lève pour mieux voir.*) Ah! (*Allant à Françoise.*) Ce n'est pas comme ça, mon enfant.

FRANÇOISE.

Ah! vous savez donc, vous?

GENEVIÈVE.

Dame!... un peu.

FRANÇOISE.

Ah! et vous croyez aux cartes, n'est-ce pas?

GENEVIÈVE.

Certainement, ça dit souvent ce qu'on espère.

FRANÇOISE.

Alors, il faut qu'elles me disent...

GENEVIÈVE.

C'est que ton père est ici... et il n'aime pas les cartes... il s'imagine que les consulter c'est offenser la Providence.

FRANÇOISE.

Oh! à tout prix je veux savoir... Asseyez-vous là, ce sera si tôt fait... Oh! je vous prie, mère, je vous en supplie.

GENEVIÈVE.

Reste plutôt à ta place... si Léonard nous surprend, il ne te grondera pas, toi. Dispose les cartes.

FRANÇOISE.

Montrez-moi, je suis si ignorante... Faut-il choisir?

GENEVIÈVE.

Jamais!... on les prend comme elles viennent.

FRANÇOISE, *plaçant les cartes.*

Au fait... c'est bien mieux... le hasard!

GENEVIÈVE.

Et alors, c'est bien plus vrai...

FRANÇOISE.

Voyons, que faut-il faire?

GENEVIÈVE.

Mets les cartes en demi-cercle... Ah! par exemple, nous ne ferons qu'une réussite.

FRANÇOISE.

Oui... oui.

GENEVIÈVE, *à part.*

Je saurai enfin si je dois gagner!

FRANÇOISE, *qui a placé les cartes.*

Je riais de cela autrefois... comme le bonheur est injuste... comme le malheur rend confiante! (*A Geneviève.*) Que dois-je faire à présent?

4.

GENEVIÈVE.

Compte les cartes une à une jusqu'à ce que je t'arrête. (*Françoise compte tout bas en mettant le doigt sur chaque carte. Geneviève l'arrête.*) Assez... un jeune homme.

FRANÇOISE.

Oui, le valet de cœur... c'est Maurice.

GENEVIÈVE, *à part.*

Il est blond... c'est Eustache... continue... là-bien... une lettre!

FRANÇOISE.

Qui démentira celle que j'ai reçue aujourd'hui.

GENEVIÈVE, *à part.*

Cette lettre c'est la liste du tirage... (*A Françoise.*) Va encore... arrête-toi... grande nouvelle à la maison!

FRANÇOISE, *avec joie, l'interrogeant.*

Grande nouvelle, ma mère?

GENEVIÈVE, *comptant avec elle.*

Va toujours... toujours! Ah! (*l'arrêtant et poussant un cri de joie.*)

FRANÇOISE, *inquiète.*

Eh bien...

GENEVIÈVE.

Vois-tu, mon enfant!

FRANÇOISE.

Comme vous tremblez.

GENEVIÈVE.

Vois-tu, c'est du bonheur.

FRANÇOISE.

Comment! ce sept de trèfle ça veut dire...

GENEVIÈVE.

Ça veut dire de l'argent, beaucoup d'argent, une fortune!

FRANÇOISE, *se levant.*

Eh! que m'importe! vous me parlez d'argent, et moi je vous dis: parlez-moi de Maurice!

GENEVIÈVE.

Prends garde, voilà quelqu'un.

## SCENE VI.

LES MÊMES, JEAN-MARIE.

JEAN-MARIE.

Je ne demande pas si on peut entrer.

GENEVIÈVE, *ramassant et serrant les cartes.*

On le voit bien.

JEAN-MARIE.

Si j'ai commis une inconséquence, je vas ressortir et frapper à la porte.

GENEVIÈVE.

La porte, elle est toujours ouverte pour les amis de la maison, et Jean-Marie en est, de ceux-là.

JEAN-MARIE.

Je crois fichtre bien ! (*A part.*) Je serai même mieux que ça ; à présent que la belle veuve est complétement disponible, je ne quitte plus la halle.

GENEVIÈVE.

Est-ce qu'il y a encore du nouveau, que vous voilà ici?

JEAN-MARIE.

Je ne viens pas absolument pour vous, mère Léonard... mais tout exprès pour M^me^ Maurice, que je n'ai pas trouvée chez elle.

FRANÇOISE.

Que me vouliez-vous, mon ami?

JEAN-MARIE.

Vous épargner la corvée de recevoir les compliments des commères... Sitôt qu'elles ont appris votre malheur, elles voulaient venir en masse vous en féliciter.

GENEVIÈVE, *offusquée.*

Comment!...

JEAN-MARIE.

Hein! qu'est-ce que j'ai dit? J'ai dit féliciter... Pardon... c'est z'incorrect. Je voulais dire que ces dames y étaient bien sensibles... et moi aussi... Enfin, finalement, je me suis chargé des gémissements de toute la halle : je vous les apporte avec les miens.—V'là le tout ensemble. (*Il tend la main à Françoise.*)

FRANÇOISE, *affectueusement, lui serrant la main.*

Merci!

JEAN-MARIE.

Il n'y a pas de quoi! J'ai encore une autre commission pour M^me^ Françoise, toujours de la part de la mère Morand et des autres...

FRANÇOISE, *indifféremment.*

Ah! qu'est-ce que c'est?

JEAN-MARIE.

Une chose impossible!.. une bêtise... Est-ce qu'elles ne s'avisent pas de croire que dans un jour pareil vous voudriez être du bouquet?

GENEVIÈVE.

Un bouquet?

JEAN-MARIE.

Eh bien, oui ; vous savez que toutes les fois qu'il arrive un événement dans le grand monde, les dames de la halle ont le privilége d'y transporter leurs casaquins et leur éloquence... Les naissances, les fêtes, les mariages, tout ça rentre dans les attributions de la grosse marée et de la grande fruiterie... Bref, parce qu'aujourd'hui le fils d'un grand seigneur a racheté l'hôtel de son père et reprend possession de ses biens, qui étaient confisqués, la mère Morand et toutes les autres ont décidé qu'elles devaient aller lui offrir un bouquet... et c'est moi qui conduis le cortége... comme aux Porcherons !

GENEVIÈVE.

Vous savez bien que ma fille a toujours refusé d'être de ces cérémonies-là.

JEAN-MARIE.

Pardine ! c'est ce que j'ai dit... même quand nous avons été chez le roi à Versailles... Bien sûr qu'elle ne donnera pas la préférence au marquis de Salnelles.

FRANÇOISE, *vivement.*

C'est au marquis de Salnelles qu'on va porter des fleurs ?

JEAN-MARIE.

Oui, en réjouissance de son retour... On n'avait jamais entendu parler de lui ; c'est égal, on se réjouit toujours... on est si gai à la halle !

FRANÇOISE, *à elle-même.*

Chez le marquis de Salnelles !

JEAN-MARIE.

Vous refusez, n'est-ce pas ?

FRANÇOISE.

Non, j'accepte.

JEAN-MARIE.

Hein !

FRANÇOISE, *se levant.*

Attendez-moi... je vais avec vous.

GENEVIÈVE.

Pas possible !

JEAN-MARIE.

Comment ! vous voulez bien ?

FRANÇOISE, *résolument.*

C'est mon devoir... c'est mon droit, je suis dame de la Halle ! Venez, Jean-Marie, venez.

JEAN-MARIE, *lui offrant son bras.*

Voilà !

GENEVIÈVE, *à Françoise qui met sa mante.*

Mais sais-tu seulement ce qu'il t'a dit, ma fille... sais-tu où tu vas ?

FRANÇOISE.

Oui, chez le marquis de Salnelles. (*A elle-même.*) Je voulais le revoir... je le verrai! (*Elle sort ainsi que Jean-Marie.*)

## SCÈNE VII.

GENEVIÈVE, LÉONARD.

GENEVIÈVE, *un moment seule.*

Je n'y comprends rien... Françoise accepte aujourd'hui... aujourd'hui son premier jour de deuil... Décidément le chagrin lui a tourné la raison.

LÉONARD, *entrant.*

Dis donc, femme, je ne me suis pas trompé, n'est-ce pas? c'est bien Françoise que je viens de voir passer avec les commères, comme je sortais de chez le perruquier du coin.

GENEVIÈVE.

Oui, c'est elle.

LÉONARD.

Où donc qu'elles s'en vont comme ça?

GENEVIÈVE.

Faire faire un bouquet pour l'offrir au nouveau marquis de Salnelles.

LÉONARD.

Au fils de mon ancien protecteur? car j'ai pris mes informations, c'est bien son fils... Ah! elles vont lui porter un bouquet! eh bien, moi aussi... et sans mécaniser le leur, je crois que le mien sera un peu plus magnifique et encore mieux reçu... C'est à cette occasion-là que j'ai fait faire ma barbe; (*gaiement*) madame Léonard, on ne vous en refuse pas l'étrenne... ça n'est pas du nouveau pour toi... mais c'est bon tout de même.

GENEVIÈVE.

Certainement... (*Elle l'embrasse.*) Ah çà, d'où vient donc que tu as un air si guilleret aujourd'hui?

LÉONARD.

Tu me le demandes? Au fait, c'est vrai, tu ne sais pas encore... Eh bien, figure-toi un homme qui a eu sur l'estomac un poids de six mille... je dis bien de six mille, et qui s'en trouve soulagé; v'là ma position, Geneviève... J'ai étouffé depuis cinq ans... et je reprends ma respiration... Aujourd'hui, vois-tu, j'ai tant de joie pour mon compte, que, sans le malheur de notre fille, je chanterais ma chanson de noces, je te ferais danser au bal des Auvergnats... enfin je ferais des folies de jeune homme, quoi!

GENEVIÈVE.

Mais qu'est-ce qui t'est donc arrivé de si heureux? On croirait que tu as gagné le gros lot à la loterie...

LÉONARD.

A la loterie?... j'y gagne à chaque tirage, comme tous les honnêtes gens, en n'y mettant jamais... La loterie!... Tiens, quand je passe devant le bureau et que je vois des tas de femmes, des ruine-ménages, qui viennent apporter là le produit du travail de leurs maris, le prix du pain de leurs enfants, je me dis: v'là de mauvaises femmes, v'là de mauvaises mères.... et si Dieu les punit, Dieu fera justice!

GENEVIÈVE, *avec émotion.*

Léonard, dis-moi donc ce qui te rendait si joyeux en arrivant tout à l'heure.

LÉONARD.

D'abord, prépare-moi bien vite mes habits des fêtes carillonnées, faut que je me fasse beau... une cravate blanche... ma veste neuve... mon chapeau rond et mes gants de poils de lapin.

GENEVIÈVE, *l'aidant à passer sa veste.*

Mais pourquoi donc cette grande toilette?

LÉONARD.

Je vas te dire ça pendant que tu me feras mon nœud de cravate.

GENEVIÈVE, *tenant la cravate.*

M'y v'là, j' t'écoute.

LÉONARD.

C'est ça... Faut te dire que le jour même de sa mort, l'ancien marquis de Salnelles m'a fait le dépositaire d'une grosse somme d'argent en or.

GENEVIÈVE, *tressaillant.*

En or?

LÉONARD.

Ne serre donc pas si fort! Cette somme, je devais la remettre à son fils qui n'est jamais venu la chercher... C'est égal, je lui aurais gardé ses six mille livres jusqu'à la fin du monde...

GENEVIÈVE.

Il y avait six mille livres!... ici!

LÉONARD.

Elles y sont parbleu bien encore! Ça m'effrayait tant de me savoir un pareil trésor chez moi, que je n'ai jamais eu le courage de t'en parler, ni même de regarder dans la cachette où je l'avais enterré. (*Geneviève, qui essaye de mettre la cravate à*

*Léonard, tremble si fort qu'elle ne peut y parvenir. Léonard s'aperçoit de son trouble et continue gaiement.)* Eh! eh! on voit bien que tu prends de l'âge, ma pauvre vieille... ta main n'est pas aussi sûre qu'autrefois... Ah ça, mais comme te voilà pâle! qu'est-ce que tu as donc, Geneviève?... on dirait que tu vas te trouver mal.

GENEVIÈVE, *d'une voix étouffée.*

Oui... c'est vrai... je ne me sens pas bien.

LÉONARD, *achevant de mettre sa cravate et de s'habiller.*

Pauvre femme!... J'y suis... ça te fait peur aussi ce trésor que j'ai à garder... Rassure-toi... le danger est passé, puisque aujourd'hui, tout à l'heure, je vais le rendre... et le rendre intact... Ah! dame, plutôt que d'en ôter un rouge liard, nous serions morts de faim... L'argent qui ne nous appartient pas, on n'a pas le droit d'y toucher, même pour acheter du pain.

GENEVIÈVE, *à part et se soutenant à peine.*

Mon Dieu! Seigneur, ayez pitié de moi!

LÉONARD, *gaiement.*

Tu n'as jamais vu six mille livres en or... Attends, je vas te montrer ça. (*Il prend un couteau dans le tiroir d'un meuble.*)

GENEVIÈVE, *avec effort.*

Léonard!

LÉONARD. *Il va vers le carreau.*

Tiens, c'est là, femme.

GENEVIÈVE, *à part.*

Ah! je voudrais être morte!

LÉONARD, *s'arrêtant devant le carreau.*

Eh bien! c'est singulier; on dirait que ce carreau a été descellé... Me v'là tout tremblant aussi, moi. (*Il s'essuie le front.*) Ah! je vas bien le savoir tout de suite. (*Il va se baisser pour soulever le carreau. Eustache entre brusquement.*)

## SCENE VIII.

### Les Mêmes, EUSTACHE.

EUSTACHE.

Victoire! mère Léonard! victoire! Vous avez gagné!

GENEVIÈVE, *qui suivait avec anxiété tous les mouvements de Léonard, pousse un cri de joie.*

Ah! gagné.

LÉONARD, *se redressant, mais restant en place.*

Quoi gagné?

EUSTACHE.

Eh bien! oui, on peut tout dire à présent. Je viens du tirage.

LÉONARD, *cherchant à comprendre.*

Hein! qu'est-ce qu'il dit?

EUSTACHE.

Du tirage de la loterie. Embrassez votre femme, père Léonard ; elle a son quaterne sèche, soixante-quinze mille fois la mise !

LÉONARD, *doutant encore de ce qu'il entend et regardant tour à tour le carreau et Geneviève.*

Oh ! mais non... ce n'est pas possible ; elle n'aurait pas été capable...

GENEVIÈVE, *que la joie suffoquait, recouvrant la parole.*

Tu es sûr, Eustache, tu es bien sûr ?

EUSTACHE.

Pardine. . puisque j'ai la liste. (*Il la lit.*) 12, c'est le premier. Il n'en est pas celui-là... Mais v'là les autres. (*Il lit.*) 23.

GENEVIÈVE, *tirant son billet de sa poche, comparant avec une joie croissante.*

23 !

EUSTACHE.

45.

GENEVIÈVE.

45 ! !

EUSTACHE.

62.

GENEVIÈVE.

62 ! ! !

EUSTACHE.

Et 67.

GENEVIÈVE, *avec désespoir.*

Ah !

EUSTACHE.

Eh bien ! puisque je vous... 67.

GENEVIÈVE.

C'était 77 ! Perdu ! Tout perdu !

LÉONARD.

Ah ! je comprends... Cet argent qu'elle a joué, c'est là qu'elle l'a pris. (*Il enlève vivement le carreau, et s'arrête terrifié devant le vide.*) Rien ! plus rien !

GENEVIÈVE, *lui tendant ses mains suppliantes.*

Léonard ! Léonard !

LÉONARD, *furieux, saisissant une chaise et la levant sur elle.*

Malheureuse !

EUSTACHE, *arrêtant le bras.*

Ah ! c'est votre femme, père Léonard. (*Geneviève, à la vue de la chaise levée sur elle, est tombée comme frappée de mort subite.*)

LÉONARD, *regardant avec épouvante.*

Ah ! je l'ai tuée ! je l'ai tuée !

## ACTE III.

Un salon Louis XV. Large porte au fond ouvrant sur un premier salon. Partie latérale. — Meubles riches.

### SCENE I.

GERMAIN, FOURNISSEURS, LAQUAIS, *puis* LORRAIN.

GERMAIN, *aux fournisseurs.*

Messieurs les fournisseurs, je vous ai annoncés à monsieur Lorrain, le premier valet de chambre, le factotum de monsieur le marquis.

UN FOURNISSEUR.

Nous attendrons le bon plaisir de monsieur Lorrain.

LORRAIN, *paraissant vêtu de la grande livrée, avec insolence.*

Je ne me fais jamais attendre, Messieurs. (*Les fournisseurs saluent humblement.*) Monsieur Durand, vous nous avez fourni des meubles d'un autre siècle; vous nous changerez tout cela. Monsieur Birmann, votre voiture de ville n'est pas assez élégante; établissez notre carrosse de cour comme pour un duc et pair... Monsieur Rigaud, vos livrées sont assez bien, mais vos galons manquent de goût... Vous, Lambert, vous nous avez envoyé des chevaux normands; nous voulons des chevaux anglais pur sang... Souvenez-vous tous que nous sommes riches, très-riches, et que nous portons un des plus beaux noms de France. Ne nous servez donc pas comme un gentillâtre ou un traitant. Vous me remettrez vos mémoires et je ne les payerai que si je suis content, très-content. Allez. Germain, reconduis ces messieurs. (*Les fournisseurs saluent en sortant. — Aux valets.*) A votre tour, faquins! Le service s'est fait hier avec une négligence, une lenteur désespérantes. A Saint-Domingue, je vous aurais tous fait battre comme nègre; ici, je n'ai que le droit de vous chasser, mais j'en userai à la première maladresse, je vous en préviens. Voyons, je veux bien encore vous donner une leçon; justement, il est midi, et je n'ai pas encore déjeuné... Allons, mon chocolat. (*On apporte le chocolat sur un riche plateau.*) Avance donc le fauteuil. (*Il s'assied dans le fauteuil et déjeune.*) A présent, mes lettres, mes visites.

GERMAIN, *les lui présentant à la main.*

Voilà, Monsieur.

LORRAIN.

A la main... impertinent... le plateau...

GERMAIN.

Oh! pardon, Monsieur. (*Il les présente sur le plateau.*)

LORRAIN.

Hein! tu parles? pas un mot, drôle, qu'on ne t'interroge !... Qu'est-ce que c'est que ça (*Il prend les lettres, les regarde à part.*) Papier satiné, parfumé, cachets, armoiries... rien d'inquiétant dans tout cela... des invitations sans doute... car Monsieur le marquis a déjà des amis et fait vraiment assez bonne figure au milieu d'eux... C'est incroyable comme il s'est formé vite; j'ai eu la main heureuse. (*Haut.*) C'est bien, tu présenteras ces lettres à Monsieur le marquis. (*Il les replace sur le plateau; une carte de visite tombe.*)

LORRAIN.

Ramasse et présente plus humblement. . (*Germain ramasse la carte et la présente.*) A la bonne heure. (*Lorrain regarde négligemment la carte, puis se lève vivement après avoir lu le nom qui s'y trouve gravé.*) Madame Henriot-Coralie...

GERMAIN.

Non... c'est madame Henriot... je la connais bien... Saint-Jean est cocher chez elle.

LORRAIN, *à part.*

C'est bien cela. Coralie, l'ancienne maîtresse du marquis, la mère de ce fils qui devait rester inconnu pour elle. (*Haut.*) Que veut cette dame?

GERMAIN.

Voir monsieur le marquis; elle reviendra dans la journée.

LORRAIN, *vivement.*

C'est bien, si je suis absent tu la congédieras; si je suis à l'hôtel, accours aussitôt m'avertir et ne la fais parler qu'à moi, entends-tu bien... qu'à moi seul... une voiture... c'est elle peut être qui revient déjà.

GERMAIN, *qui est allé voir au fond.*

Non, c'est monsieur le marquis.

LORRAIN.

Emportez tout cela, et sortez! (*Les domestiques sortent par la droite, Maurice en costume entre par le fond. Il remet son chapeau et son épée à Germain qui sort.*)

## SCENE II.

LORRAIN, MAURICE, *vivement et avec impatience.*

MAURICE.

Madame la comtesse est-elle dans son appartement? peut-elle me recevoir?

LORRAIN.

Madame la comtesse n'est point à l'hôtel, en montant en voiture, elle a ordonné à son cocher de la conduire chez M. de Crémancé.

MAURICE.

M. de Crémancé... c'est bien cela.

LORRAIN.

Monsieur le marquis paraît contrarié... Le ministre aurait-il trouvé quelques difficultés nouvelles à la levée du séquestre?

MAURICE.

Oh! ces difficultés, quelque graves qu'elles puissent être, céderaient au crédit, à la faveur de M. de Crémancé, qui, m'a-t-on dit, obtiendrait tout pour son gendre... et j'ai appris chez le ministre... chez le ministre seulement, que la comtesse ma tante avait, à mon insu, presque arrangé un mariage avec mademoiselle Isaure de Crémancé.

LORRAIN.

C'est d'une bonne parente.

MAURICE.

Comme si l'on pouvait disposer de moi sans mon consentement.

LORRAIN.

M^lle Isaure est charmante, vous même l'avez remarquée à Versailles, c'est de plus un magnifique parti, un million de dot et un crédit incalculable. Votre tante ne pouvait mieux choisir, en vérité... Quelle alliance avait donc rêvé M. le marquis?

MAURICE.

Vous êtes fou, Lorrain... Que ma tante ait eu la pensée de ce mariage... je le comprends encore, mais vous... vous savez bien que je ne peux pas épouser M^lle de Cremancé.... Vous savez bien que je ne puis pas me marier.

LORRAIN, *après un temps, présente à Maurice un papier.*

Plairait-il à M. le marquis de me solder cette petite traite de 100,000 livres.

MAURICE.

Parlez-vous sérieusement.

LORRAIN.

On ne peut plus sérieusement.

MAURICE.

Vous m'aviez promis de n'exiger cette somme que lorsque je serais en possession de la fortune de mon père.

LORRAIN.

Oui, mais de votre côté, vous vous êtes engagé à ne rien dire, à ne rien faire qui pût nuire au payement de ma créance. Si vous refusez ce qu'on vous offre, c'est que vous avez d'autres ressources... c'est qu'enfin vous pouvez payer... Alors, payez-moi.

MAURICE.

Epouser Mlle de Crémancé, moi ! mais malheureux, ne te souviens-tu pas de ce que je t'ai dit de mon passé ?

LORRAIN.

Votre passé ? Vous avez rompu avec lui le jour de notre rencontre, au pied du Morne Saint-Louis.

MAURICE.

Fatigué de lutter contre le sort, qui trompait toutes mes espérances, ruiné par un naufrage qui m'avait jeté pauvre et nu sur un sol étranger, à deux mille lieues de ma patrie, je voulais chercher la mort dans ces flots qui venaient d'engloutir tout ce que je possédais.

LORRAIN.

Moi, je promenais mes rêveries sur le rivage... je vous aperçois, mais ne devinant qu'à moitié votre dessein, je vous arrête et je vous dis : Prenez garde, Monsieur ; si vous avez l'intention de ne prendre qu'un bain, je vous avertis que l'eau est très-profonde et qu'il y a là un tourbillon fort dangereux... vous aviez par Dieu bien choisi la place... vous balbutiez ; vos regards me révèlent votre désespoir, je vous force à me conter vos malheurs ; alors... miraculeux hasard ! dans cet enfant abandonné sous le nom de Maurice, élevé dans un collége de Rouen, je retrouve le dernier rejeton d'une noble famille... La confiance du marquis de Salnelles m'avait fait dépositaire d'un testament qui établissait vos droits ; c'était une belle tâche que celle de prendre un pauvre désespéré comme vous l'étiez et d'en faire le marquis de Salnelles, tâche difficile. (*A part.*) Deux mots à gratter et deux mots à écrire. (*Haut.*) Je l'ai acceptée, c'était à la fois une bonne action et une bonne affaire, car dans votre premier élan de reconnaissance, vous n'aviez pas hésité à me signer cette traite de cent mille livres, à prendre sur le plus clair de votre bien à venir... J'ai attendu patiemment ; hier encore vous ne possédiez rien, mais aujourd'hui qu'il dépend de vous que le séquestre qui frappe vos biens soit définitivement levé, aujourd'hui qu'un million vous est offert, je ne vous laisserai pas me ruiner. Aujourd'hui, monsieur le marquis, vous épouserez ou vous payerez.

MAURICE.

Lorrain !

LORRAIN.

Eh, Monsieur quelle mouche vous pique et vous tourmente !

à Saint-Domingue vous étiez un autre homme, à Saint-Domin-vous aviez oublié votre passé.

MAURICE.

Tu dis vrai, Lorrain; là-bas j'étais séparé de mes souvenirs par l'immensité des mers... par l'incertitude du retour... mais aujourd'hui ...

LORRAIN.

Aujourd'hui, Monsieur le marquis, disons-nous une bonne fois pour toutes que je suis arrivé trop tard au pied du Morne Saint-Louis, disons-nous que vous vous êtes précipité dans les brisants, disons-nous enfin que Maurice le naufragé est mort, bien mort, et vive monsieur de Salnelles, vive le futur époux de mademoiselle de Cremancé !

MAURICE.

Mais un autre lien m'enchaîne.

LORRAIN.

Bah ! qui vous dit que vous soyez pas libre ?

MAURICE.

Libre... moi!... mon Dieu ! Françoise serait... morte !

LORRAIN.

Morte ou vivante, Françoise n'a plus rien à réclamer de vous... elle est veuve... et peut-être déjà consolée... Depuis que je lui ai expédié à Clermont-Ferrand votre acte de décès, elle a eu le temps de vous pleurer et même de vous remplacer... Oh! elle en avait le droit, car l'acte était en bonne forme. J'en réponds.

MAURICE.

Tu as osé?

LORRAIN.

Oui, monsieur, et j'ai agi de la sorte dans mon intérêt, dans le vôtre, dans celui de Françoise elle-même... Quel sort lui faisiez-vous? Celui d'une pauvre femme qui n'aurait pas été mariée et qui n'aurait pas été veuve... Oh! c'était cruel... Tenez, j'ai encore fait là une bonne action.

MAURICE.

Mais c'est un faux que tu as commis.

LORRAIN.

Oui, monsieur, et on ne fait pas ces choses-là gratis.

MAURICE.

Misérable !

LORRAIN.

Silence... on vient.

## SCÈNE III.

LES MÊMES, GERMAIN, *puis* LÉONARD.

GERMAIN.

Il y a là une espèce de commissionnaire qui demande à parler à monsieur le marquis.

LORRAIN.

Cet homme a-t-il dit son nom?...

GERMAIN.

Monsieur le marquis ne le connaît pas, mais il assure qu'il vient de la part de feu M. de Salnelles.

MAURICE.

De mon père?

LORRAIN, *à part.*

Qu'est-ce que ça veut dire?... (*Haut.*) Je vais recevoir cet homme.

MAURICE.

Restez... Germain, faites entrer.

LORRAIN.

Pourtant je...

MAURICE.

Je le veux.

GERMAIN.

Venez, mon brave homme, venez. (*Léonard paraît.*) Voilà monsieur le marquis. (*Germain sort.*)

## SCÈNE IV.

MAURICE, LORRAIN, LÉONARD.

(*Léonard entre le chapeau à la main, il est fort ému, il approche timidement, puis s'arrête comme s'il n'osait ni avancer ni parler.*)

MAURICE.

Approchez mon ami, et si vous venez, en effet, au nom de mon père, vous serez le bien accueilli chez moi... Voyons... parlez... qu'avez-vous à me dire?

LÉONARD.

Monsieur le marquis... j'avais une commission pour vous. . et je. . faites excuse... je veux parler et je ne peux pas... parce que quand on a envie de pleurer et qu'on se retient... ça étouffe un peu.

MAURICE.

Remettez-vous...

LÉONARD.

Oh! ça va se passer...

MAURICE, *s'asseyant.*

Je vous écoute, mon ami.

LÉONARD.

Avant de vous conter ce qui m'amène, laissez-moi vous dire, monsieur, que là, à cette même place où vous êtes, j'ai vu votre digne homme de père. J'ai des larmes dans le cœur aujourd'hui; ce jour-là, au contraire, je n'y avais que de la joie .. car ce jour-là... je venais ici pour rapporter au marquis un portefeuille tout plein qu'il croyait avoir perdu.

MAURICE.

Ce trait-là vous honore.

LÉONARD.

Je ne faisais que mon devoir, comme encore à présent, en venant vous parler d'un dépôt de six mille livres que vous savez sans doute m'avoir été confié par monsieur votre père?

MAURICE.

J'ignorais absolument qu'un pareil dépôt eût é é fait par monsieur le marquis de Salnelles.

LÉONARD.

Vrai! Oh! tant mieux! vous verrez que je ne veux pas vous tromper, puisque je suis le premier à vous apprendre que feu monsieur le marquis m'avait laissé pour vous cette somme en or.

LORRAIN.

Et vous la rapportez? (*A part.*) C'est une restitution perpétuelle que cet homme-là.

LÉONARD.

Non, monsieur... non. Ce dépôt, je ne peux pas le rendre... et pourtant... je l'avais bien soigneusement caché sous un carreau de ma chambre; je me disais chaque matin avec confiance : le fils du marquis peut revenir; son argent est là. Aujourd'hui surtout! oh! j'étais bien heureux en pensant que, malgré les jours de misère que nous avions passés, j'allais vous rapporter intactes vos six mille livres... quand, tout à l'heure, j'ai soulevé le carreau de ma cachette : plus rien! il n'y avait plus rien. (*Il se couvre la figure de ses mains.*)

MAURICE.

On vous avait volé?

LÉONARD, *vivement.*

Non, monsieur, non; je ne peux pas vous laisser supposer cela.. ce serait vous faire douter de mes voisins... Non, il n'y a pas eu vol... il y a eu erreur.

LORRAIN, *souriant.*

Erreur?

LÉONARD.

Oui, erreur, et la coupable .. c'était ma femme que j'ai failli-

tuer... ma pauvre femme que j'ai laissée à la maison folle de désespoir... Mais je vous le dis tout de suite et bien haut : elle croyait, en puisant dans ce trésor, qu'elle ne prenait que notre bien. Tout ça est arrivé par ma faute, monsieur, car je lui avais fait mystère de ce dépôt... voilà toute la vérité, monsieur le marquis... si votre père existait encore... il me croirait sur parole, lui, car il me connaissait bien .. mais prenez des informations, et partout on vous dira que Léonard, le porteur d'eau, est un honnête homme.

MAURICE.

Léonard ?

LÉONARD.

Oui... Claude Léonard, de Clermont-Ferrand... je suis connu, allez... je peux être malheureux... mais, grâce au ciel, je n'ai à rougir de rien. je ne crains pas de dire à tout le monde mon nom et mon pays.

LORRAIN, *à part.*

C'est le beau-père de Maurice.

MAURICE, *se levant.*

Léonard de Clermont-Ferrand ?

LÉONARD.

Vous me regardez avec bonté. Oh! c'est que vous me croyez... et je vous en remercie du plus profond de mon âme... Mais si je suis venu vous avouer ça, c'est que j'ai l'intention de ne vous faire rien perdre... Je vous payerai, monsieur le marquis, je vous payerai jusqu'au dernier sou... seulement, vous aurez bien la bonté de me donner du temps. Oui, pour payer tout cela, il en faudra de ces voies d'eau!

MAURICE, *a saisi vivement la plume et écrit quelques mots, puis présente avec émotion le papier à Léonard.*

Tenez... tenez... Léonard...

LÉONARD.

Faites excuses, monsieur, je ne sais pas lire, mais si c'est un engagement que vous voulez me faire prendre, je ne demande pas mieux... donnez-moi la plume, je vas faire ma croix.

MAURICE.

Non, Léonard ; non ; ce papier, c'est ma quittance.

LÉONARD.

Pardon ; ça ne peut pas s'arranger comme ça !... C'est bien à vous de me dire que vous n'êtes plus mon créancier !... mais ça ne m'acquitte pas, moi, tant que ma conscience me dit que je vous dois quelque chose. Oh ! toute la famille s'engagera pour moi, car je peux mourir à la peine. Si mon gendre existait encore, il acquitterait une part de la dette, car c'était un homme de cœur; mais à défaut de Maurice, Françoise, sa veuve, Françoise, ma fille, qui est marchande à Paris, Françoise me viendra en aide; elle vendra tout, la digne fille, plutôt que de laisser déshonorer son père.

MAURICE.

Françoise!

LÉONARD.

C'est comme ça qu'on appelle ma fille.

MAURICE.

Elle existe! elle est à Paris!

LÉONARD.

Oui, monsieur.

LORRAIN, *à part.*

Il faut en finir... (*Haut.*) Monsieur le Marquis, madame la comtesse, votre tante, rentre à l'hôtel, et vous aviez, je crois, à lui parler.

LÉONARD.

Je pars; et, pour ne pas rencontrer c'te grande dame dans l'escalier, je vas prendre par ici. Oh! je connais les êtres!

MAURICE.

Oui, partez, Léonard; mais je veux vous revoir... je vous reverrai.

LÉONARD.

Je crois bien!... Vous si bon, si généreux!... Faut-y pas que je vous apporte mon engagement? Oh! j'y tiens. Mais c'est égal; ce que vous avez voulu faire pour moi, je ne l'oublierai jamais. (*Il lui baise les mains.*) Non, jamais!... Tenez, je pleure encore; mais, cette fois-ci, c'est de reconnaissance, c'est de bonheur. (*Il sort vivement.*)

## SCENE V.

MAURICE, LORRAIN.

MAURICE, *avec joie.*

Tu as entendu!

LORRAIN.

Parfaitement... Vous aviez là un honnête homme de beau-père... qui heureusement ne vous connaissait pas.

MAURICE.

Françoise, que tu supposais morte, est vivante; Françoise, que je devais croire à cent lieues d'ici, Françoise, est près de moi, à Paris.

LORRAIN, *à part.*

Elle n'y restera pas longtemps. (*Haut.*) Qu'est-ce que cela peut vous faire?... il n'y a plus rien de commun entre cette femme et vous... seulement, vous êtes libre de l'enrichir elle et les siens de vos dons... Je me charge de les transmettre de votre part. Grâce à sa grande fortune, le marquis pourra faire pour cette intéressante famille ce que n'eût jamais fait Maurice, le pauvre porte-balle naufragé, mort à Saint-Domingue.

MAURICE.

Non, je ne serai ni parjure ni infâme! non... je ne renierai pas celle que devant Dieu et devant les hommes j'ai nommé ma femme, celle qui m'attendait et qui me pleure... non, j'avouerai tout à la comtesse.

LORRAIN.

Très-bien! et vous croyez qu'elle accueillera avec plaisir la belle Françoise, la fille de l'honnête porteur d'eau?

MAURICE.

Il le faudra bien.

LORRAIN.

Vous êtes en délire, Monsieur. A peine aurez-vous fait à votre tante cet imprudent aveu, qu'elle demandera la rupture de ce mariage, nul devant la loi, car vous l'avez contracté à une époque où vous ne croyiez être qu'un orphelin, un enfant perdu! Un pareil acte n'engage pas le marquis de Salnelles.

MAURICE.

Cette union ne peut être rompue qu'avec mon consentement, et je résisterai.

LORRAIN.

Mieux encore! vous résisterez à la comtesse; alors, elle vous repoussera comme indigne du noble nom de Salnelles; elle vous reprendra cet hôtel que vous devez à sa générosité, le sequestre ne sera pas levé. Alors, Monsieur, de ce faîte où vous alliez arriver, vous retomberez dans la misère, bien plus lourde à porter, quand avec elle on a le fardeau d'un grand nom.

MAURICE.

Soit! mieux vaut la misère que l'infamie.

LORRAIN.

Ça n'est pas mon avis; mais vous conviendrez avec moi que mieux vaut une fortune que le bagne.

MAURICE.

Le bagne!...

LORRAIN.

Ne voyez-vous pas que vos scrupules vous y conduisent tout droit? Vous résisterez à la comtesse, c'est convenu : de là, procès; procès acharné de la part de votre tante. Les procureurs qui mettent leur nez et leurs griffes partout, découvriront bientôt le faux acte de décès inscrit sur le registre de la paroisse de Saint-Louis.

MAURICE.

Mais, malheureux !... ce faux...

LORRAIN.

Est mon ouvrage, j'en conviens ; mais vous avez été mon complice.

MAURICE.

Moi !!...

LORRAIN.

Quel est le parlement, quel est le juge qui en pourra douter, quand je montrerai ce titre que vous avez aveuglement signé, et par lequel vous reconnaissez me devoir 100,000 livres, si, par mes bons soins, vous rentrez en possession de votre nom et de votre fortune? Cent mille livres ! la somme est énorme... Mais un faux se vend cher ; et quand on y met un pareil prix, on sait ce qu'on achète... Vous nierez ; mais vos dénégations ne pourront rien contre mes affirmations.

MAURICE.

Tu oseras soutenir...

LORRAIN.

Que nous étions d'accord parfaitement ; si vous m'y forciez, monsieur le marquis, j'irais bien plus loin encore .. De ce moment, nous changeons de rôles ; le maître, ce n'est plus vous.. . c'est moi... vous réfléchirez donc à ce que vous vouliez faire ; vous romprez avec les souvenirs du porteballe. Vous ne connaissez plus ni Léonard ni Françoise, vous ne reverrez ni l'un ni l'autre... Vous les enrichirez tous les deux, je le veux bien, mais voilà tout ; enfin, monsieur, vous resterez marquis, tout à fait marquis, ou vous serez galérien, choisissez.

## SCENE VI.

LES MÊMES, GERMAIN.

GERMAIN.

Madame la comtesse, qui vient de rentrer, fait prier monsieur le marquis de vouloir bien passer chez elle.

MAURICE.

Chez elle. .

LORRAIN.

Madame, votre tante veut vous annoncer que tout est arrangé et qu'elle a le consentement de la famille de Cremancé. Grâce à l'immense fortune de mademoiselle Isaure, jamais le blason des Salnelles n'aura brillé d'un aussi vif éclat. (*A mi-voix.*) Être noble et trois fois millionnaire, ah ! monsieur le marquis, n'oubliez jamais que vous devez cela au hasard. (*Bas.*) Et à moi.

MAURICE, *à mi-voix et avec rage.*

Oui, tu es le démon. (*Il entre vivement chez la comtesse.*)

LORRAIN, *à part.*

Satan en personne si tu veux... mais comme le diable ne perd jamais ses droits.... je défendrai les miens, et puisque j'ai première hypothèque sur la dot... Maurice, tu te marieras. (*Se retournant et apercevant Germain.*) Qu'est-ce que tu fais là.... ta place est à l'antichambre.

GERMAIN.

Je le sais, monsieur Lorrain; mais je sais aussi que vous avez bien recommandé de vous prévenir aussitôt que madame Henriot se présenterait à l'hôtel.

LORRAIN.

Oui, eh bien ?..

GERMAIN.

Eh bien !.. elle est ici... je l'ai fait attendre dans le petit salon, et je suis venu vous prévenir; j'ai attendu pour cela que monsieur le marquis fût parti.

LORRAIN.

C'est bien, tu te formes, on fera quelque chose de toi.... Amène ici, madame Henriot, je la recevrai. (*Germain sort. Seul un moment*) Je devine le but de sa visite.... ayant appris notre arrivée, elle veut se faire connaître à son fils... Oui, c'est cela, une scène d'attendrissement, une reconnaissance théâtrale, un embarras de plus. Je mettrai bon ordre à tout cela.

## SCÈNE VII.

LORRAIN, CORALIE. (*Elle est vêtue avec une distinction sévère, avec une modestie de bon goût.*)

CORALIE, *à Lorrain.*

Vous êtes le valet de chambre de monsieur de Salnelles ?..

LORRAIN.

Oui, madame.

CORALIE.

Annoncez-lui, je vous prie, madame Henriot.

LORRAIN, *respectueusement.*

Non, madame.

CORALIE.

Que dites-vous?

LORRAIN, *même jeu.*

Je dis que dans votre intérêt, dans celui de mon maître surtout, vous ne devez pas voir, vous ne verrez pas votre fils.

CORALIE, *avec effroi.*

Mon fils!

LORRAIN.

Oh! je puis confier cela à madame Henriot sans trahir le secret de mademoiselle Coralie.

CORALIE.

Vous savez?...

LORRAIN.

Tout, oui madame... mais ce mystère n'est connu que de moi seul, et j'ai promis, j'ai juré au feu marquis de Salnelles qu'il ne serait jamais révélé à son fils qui ne doit savoir ni le nom ni le passé de sa mère.

CORALIE.

Monsieur...

LORRAIN.

Je n'ai pas voulu vous offenser, madame... Dieu me garde d'une pareille pensée!! Je comprends, au contraire, tout ce que votre situation a de touchant... Quoi de plus naturel que votre démarche? quoi de plus intéressant qu'une mère qui vient sous le voile de l'incognito chercher un regard de l'enfant de son amour... C'est superbe!... et j'en suis ému jusqu'aux larmes... mais tout en admirant votre dessein, je dois vous en faire sentir l'imprudence. Monsieur le marquis, dont je connais la grande âme, ne consentira pas à rester un étranger pour vous, il voudra vous avouer publiquement pour sa mère... ce serait son devoir... il le ferait... mais alors, il devra renoncer à la protection de sa tante, il devra renoncer encore au magnifique mariage qui se prépare pour lui... songez que ses droits peuvent être encore contestés, son avenir perdu. Vous êtes mère, madame, vous devez être une bonne mère... et vous ne voudrez pas sacrifier votre enfant.

CORALIE.

J'apprécie votre dévouement pour monsieur de Salnelles... mais le zèle vous égare, l'avenir de monsieur le marquis ne peut être compromis par moi. (*Avec intention.*) La mère de votre maître est morte, bien positivement morte. Ce qui m'amène, ce n'est nullement le désir de faire une révélation dangereuse pour lui, inutile pour moi. Annoncez donc à votre maître que madame Henriot, dépositaire d'un portrait de feu monsieur de Salnelles, veut le remettre à son fils.

LORRAIN, *à part.*

Elle se trahirait! cette femme ne verra pas Maurice.

CORALIE.

Ne m'avez-vous pas entendu?

LORRAIN.

Pardon, madame, je ferais certainement ce que vous me demandez, mais je vous jure que monsieur le marquis n'est pas à l'hôtel... écrivez-lui... votre billet et ce médaillon lui seront fidèlement remis... Monsieur de Salnelles, j'en suis certain, aura l'honneur d'aller remercier madame Henriot, l'amie de sa mère.

CORALIE.

L'amie de sa mère... oui... c'est cela... (*Elle va au guéridon.*) Mais je ne vois là...

LORRAIN.

Ni cire... ni cachet... je vais moi-même... (*Il entre à gauche.*)

## SCENE VIII.

CORALIE, *s'est assise pour écrire.* ARMAND, *entre dans le salon et semble chercher quelqu'un.*

ARMAND.

Où donc est ce monsieur Lorrain qui m'a donné rendez-vous et que je devais, m'a-t-on, dit trouver dans ce salon? (*Apercevant Coralie il s'arrête.*) Une dame!

CORALIE, *se retournant.*

M. Armand!...

ARMAND.

Mme Henriot... (*Saluant.*) Vous daignez me reconnaître, madame.

CORALIE.

Je vous ai vu à l'hôtel de Crémancé, où, grâce à vous, l'humble quêteuse qui se présentait au nom des pauvres, était toujours gracieusement accueillie. J'ai su par Mlle Isaure que vous aviez dû donner votre démission de secrétaire... Pauvre jeune homme, vous avez bien souffert, n'est-ce pas? mais vous ne souffrez pas seul.

ARMAND.

Quoi, madame! vous savez...

CORALIE.

Mlle de Crémancé ne m'eût pas avoué son secret, mais elle ne m'en a pas voulu de l'avoir deviné... Vous vous aimez.

ARMAND.

Oh! laissez-moi espérer, madame, que cet amour insensé me fera seul malheureux.

CORALIE.

Vous n'avez plus revu Mlle Isaure?

ARMAND.

Si, madame... je l'ai revue... aujourd'hui, un instant, à la sortie de l'église. En passant près de moi, elle m'a dit : Armand, je viens de demander à Dieu du courage pour vous, de la résignation pour moi... mon père me marie.

CORALIE.

Oh ! ce mariage la tuera !...

ARMAND.

Ne me dites pas cela, madame, car au prix de tout mon sang, j'empêcherais...

CORALIE.

Ecoutez-moi, monsieur, je porte le plus vif intérêt à Mlle de Crémancé, pauvre enfant qu'on veut sacrifier à quelque calcul d'intérêt ou d'ambition. Par moi-même, je ne puis rien, ni pour elle, ni pour vous. Mais toutes les portes s'ouvrent pour la charité. J'invoquerai pour vous de nobles et puissants appuis... Vous êtes jeune... toutes les carrières vous peuvent être ouvertes; qui sait ce que vous réserve l'avenir? Quant au mariage de Mlle de Crémancé, il n'est encore qu'en projet, sans doute. Je saurai, aujourd'hui même, si ce projet est bien sérieux... venez me voir dans la soirée, j'aurai peut-être de bonnes nouvelles à vous donner.

ARMAND.

Oh ! madame !

CORALIE.

Me promettez-vous de venir?

ARMAND, *s'inclinant.*

Je vous le promets.

## SCENE IX.

LES MÊMES, LORRAIN, *apportant bougie, cire et cachet.*

LORRAIN.

Madame, voici tout ce qu'il vous faut pour... (*Apercevant Armand.*) Quel est ce jeune homme?...

CORALIE, *cachetant sa lettre.*

Merci.

ARMAND, *allant à Lorrain.*

Vous devez être M. Lorrain?

LORRAIN.

Oui, monsieur, c'est mon nom. Vous plairait-il de me dire le vôtre?

ARMAND.

Armand... et c'est sur votre invitation que je suis venu. (*Il lui présente un papier.*)

LORRAIN.

Je suis à vous, monsieur, nous avons à causer. (*A part.*) L'élève du collége d'Amiens. Le fils et la mère, peut-être? peste!... j'arrive à temps; ils se rencontrent par hasard, j'espère.

CORALIE, *à Lorrain.*

Avec ce billet, vous remettrez à M. le marquis ce médaillon.

LORRAIN, *préoccupé.*

Ce médaillon, oui, oui, madame.

CORALIE.

A ce soir, monsieur Armand.

ARMAND, *s'inclinant.*

A ce soir, Madame.

LORRAIN.

Ils se connaissent (*Coralie sort, Lorrain, qui ne quitte plus des yeux Coralie et Armand et qui croit poser le médaillon sur le guéridon, le laisse tomber sur le tapis; pour suivre Coralie il quitte le guéridon. Armand, apercevant le médaillon à terre, s'est approché et le ramasse.*)

## SCENE X.

LORRAIN, ARMAND.

ARMAND.

Ce médaillon aurait pu se briser.

LORRAIN.

Mille pardons, monsieur... je suis d'une maladresse.

ARMAND, *au moment de rendre le médaillon y jette machinalement les yeux.*

C'est étrange!

LORRAIN, *vivement.*

Qu'est-ce donc?

ARMAND.

Cette image me rappelle les traits d'une personne... oui, voilà bien mon généreux protecteur... celui qui une fois chaque année me venait voir au collége d'Amiens, celui auquel je dois tout.

LORRAIN, *à part.*

Plus de doute. (*Haut.*) Ce protecteur ne peut pas être monsieur le marquis de Salnelles, je suppose.

ARMAND.

Le marquis... Vous avez raison; cet ami que j'ai perdu n'appartenait qu'à la simple bourgeoisie, et ce portrait est en effet celui d'un grand seigneur.

LORRAIN.

C'est celui du père de mon maître; il y a souvent des ressemblances merveilleuses... (*Il reprend le portrait.*) Parlons de vous, Monsieur; vous venez pour une place de secrétaire... (*A part.*)

et ce n'est pas celle-là que je lui donnerai... Voilà un garçon qu'il faut envoyer loin.

ARMAND.

On m'avait fait espérer...

LORRAIN.

La place est promise... mais vous m'interessez, Monsieur, vous m'intéressez vivement et je ferai tout ce que je pourrai... (*A part.*) pour me débarrasser de lui. (*Haut.*) Vous devez aimer les voyages.

ARMAND.

Mon plus ardent désir serait de m'expatrier.

LORRAIN, *à part.*

Bravo. (*Haut.*) Vraiment! comme cela se rencontre... je puis alors vous faire obtenir un poste très-important, la régie des biens de la famille de Salnelles à Saint-Domingue.— Par exemple, il faut partir dès demain, en poste; vous devez être rendu à Bordeaux dans trois jours et vous embarquer sur le premier navire qui mettra à la voile. C'est accepté, n'est-ce pas?

ARMAND.

Avec reconnaissance.

LORRAIN.

En ce cas, revenez ce soir à l'hôtel, vous y trouverez vos instructions et l'argent nécessaire au voyage. Soyez exact, les intérêts de mon maître ont besoin d'être défendus là-bas. (*A part.*) Je voudrais déjà le savoir en pleine mer.

ARMAND.

Je viendrai ce soir prendre les ordres de M. de Salnelles. (*A part.*) Oui, l'absence... pour Isaure ce sera l'oubli... et pour moi... la mort. (*Il sort.*)

## SCENE XI.

LORRAIN, *puis* GERMAIN *et* JEAN-MARIE.

LORRAIN.

Allons, celui-là ne sera pas trop gênant, mais il ne faut pas qu'il reste vingt-quatre heures de plus à Paris.

GERMAIN, *annonçant.*

Monsieur Jean-Marie.

LORRAIN.

Jean-Marie? ça n'est pas un nom.

JEAN-MARIE, *qui a paru.*

Mieux que ça, c'en est deux.

LORRAIN.

Et quel titre a Monsieur?

JEAN-MARIE.

Oh ! on demande le titre : voilà le mien : syndic des forts de la halle.

LORRAIN.

Syndic?...

JEAN-MARIE, *remettant son chapeau.*

Oui, rien que ça, domestique!

LORRAIN.

Enfin, que voulez vous ?

JEAN-MARIE.

D'abord, ce n'est pas à la valetaille que j'ai z'affaire... Où est ton marquis, mon petit? je viens comme ambassadeur lui annoncer ces dames.

LORRAIN.

Quelles dames?...

JEAN-MARIE.

Les dames de la Halle qui vont se faire le plaisir de présenter un bouquet de bienvenue à M. de Salnelles... Tu entends ce que parler veut dire.

LORRAIN.

C'est bien.. je recevrai le bouquet de ces dames.

JEAN-MARIE.

De quoi? tu recevras... (*Il lui fait une mine.*) Ça... mon cadet, dérangez-vous donc pour voir M. Dugalon. Mais quand nous allons à Versailles, le roi plante-là son conseil et vient nous recevoir en personne. S'il envoyait un ministre, ce serait z'inconvenant. Il nous faut ton marquis. Va donc le chercher; amène-le, traîne-le ou apporte-le, mais il nous le faut, et dépêche-toi. La Halle est comme Louis XIV : elle ne sait pas at-tendre.

## SCÈNE XII.

LES MÊMES, LA COMTESSE, MAURICE.

LA COMTESSE.

Qui fait donc tout ce bruit dans l'hôtel?

JEAN-MARIE, *ôtant son chapeau.*

Une grande dame...

LORRAIN.

Madame la Comtesse... ce sont les dames de la Halle qui sollicitent l'honneur d'offrir un bouquet à M. le marquis.

LA COMTESSE.

Une députation... Il faut la recevoir... Ces dames ont des priviléges qu'on respecte même à la cour.

JEAN-MARIE.

On voit que Madame est d'un genre comme il faut; elle connaît son monde.

LA COMTESSE, *riant.*

Quel est ce garçon?

LORRAIN.

L'ambassadeur de ces dames.

LA COMTESSE.

Elles ne pouvaient pas mieux choisir.

JEAN-MARIE.

Madame, cela vous plaît z'à dire. (*A part.*) Elle est très comme il faut, cette dame.

LA COMTESSE, *à Maurice.*

Allons, mon cher neveu, cette visite va vous distraire et chassera cette étrange mélancolie dont vous refusez de me dire la cause. Recevez ces dames; moi, je vais donner des ordres pour qu'une collation leur soit offerte.

JEAN-MARIE, *à part.*

Elle est tout à fait comme il faut, cette dame. (*Haut.*) C'est comme ça qu'on fait à Versailles; dès qu'on nous voit arriver, on rince les verres.

LA COMTESSE.

Suivez-moi, Lorrain.

LORRAIN.

Salut à monsieur l'ambassadeur. (*Ils sortent.*)

JEAN-MARIE, *regardant Lorrain.*

Qu'il me tombe sous la main, celui-là, il ne restera pas de poussière sur ses galons.

MAURICE, *à part.*

Le courage m'a manqué.. Ce misérable Lorrain peut me perdre... Innocent devant Dieu, je serais coupable devant les hommes.

JEAN-MARIE, *à part.*

Eh ben, v'là tout c'qui dit, c'marquis. (*S'approchant.*) Monseigneur, je peux-t'y faire entrer ces dames?. . C'est qu'elles ont eu le temps de prendre racine à l'antichambre.

MAURICE, *revenant à lui.*

Ces dames... Oui, oui... qu'elles entrent.

JEAN-MARIE.

Ah! la députation peut se montrer. (*Il ouvre la porte à deux battants, et annonce.*) Les dames de la halle.

## SCÈNE XIII.

MAURICE, JEAN-MARIE, LA MÈRE MORAND, FRANÇOISE, LES DAMES DE LA HALLE. (*Françoise tenant le bouquet entre la dernière.*)

JEAN-MARIE, *présentant la mère Morand.*

Je vous présente d'abord la doyenne ; c'est elle qui est l'orateuse par droit d'ancienneté. Allez, madame Morand, en avant l'grelot ; M. le marquis vous prête ses oreilles ; n'en abusez pas.

FRANÇOISE, *à part.*

Le marquis. (*Elle approche, regarde Maurice, qui ne peut pas la voir.*) C'est bien le même visage.

LA MÈRE MORAND.

Ma foi, monsieur, je n'ons rien tourné exprès pour la circonstance, mais je crois que je peux vous dire le compliment que j'ai débité au roi à son dernier retour de voyage... n'ayant servi qu'une fois.

JEAN-MARIE.

C'est comme tout neuf... allez.

LA MÈRE MORAND.

Vous n'y étiez pas... vous v'là revenu, tant mieux ! ça fait chez nous un bien brave homme de plus... v'là tout... mon fils... et le roi m'embrassit.

MAURICE.

Eh bien ! madame, voulez-vous permettre...

FRANÇOISE, *à part.*

C'est sa voix.

LA MÈRE MORAND.

Non, l'honneur ne sera pas pour moi, monseigneur, mais pour la porteuse de bouquet.

JEAN-MARIE.

Sans vouloir abîmer la mère Morand, je crois que vous ne perdrez pas au change.

LORRAIN, *paraissant.*

Cette sotte cérémonie n'est pas encore terminée.

LA MÈRE MORAND, *à Françoise, qui ne quitte pas des yeux Maurice.*

Eh ben, quoique tu fais là-bas... avance donc, Françoise. (*Et lui prenant la main, elle la place en face de Maurice, qui la regarde et la reconnaît.*)

MAURICE.

Françoise !

LORRAIN, *qui est descendu à l'avant-scène.*

Sa femme! (*Françoise, sans prononcer une parole, présente le bouquet à Maurice, qui, après avoir hésité, le prend.*)

LA MÈRE MORAND.

A présent, le baiser... sur les deux joues, à la bonne flanquette. (*Maurice embrasse Françoise, mais sur le front.*)

JEAN-MARIE.

Tiens, c'marquis, il n'y va que du bout des lèvres. (*Maurice, interdit sous le regard de Françoise, a laissé tomber le bouquet. Lorrain le ramasse vivement.*)

LORRAIN, *bas à Maurice.*

Prenez garde.

LA MÈRE MORAND.

Ous' qu'on se rafraîchit? ça altère l'éloquence, et j'avais soif d'avance.

LORRAIN, *vivement.*

Ces dames sont servies. (*Les portes s'ouvrent, et on aperçoit une collation servie.*)

JEAN-MARIE.

A table! (*Toutes les dames remontent, excepté Françoise, qui reste immobile, silencieuse et le regard attaché sur Maurice.*) Eh ben, vous ne venez pas, Françoise.

FRANÇOISE.

Non, je voudrais parler à monsieur le Marquis.

LORRAIN, *à part.*

Elle l'a reconnu.

JEAN-MARIE.

Elle va lui demander sa pratique. (*Ils sortent; Lorrain seul est resté.*)

FRANÇOISE, *désignant Lorrain.*

Monsieur le Marquis, dites donc à ce valet de sortir. (*Maurice, après avoir encore hésité, fait signe à Lorrain de sortir.*)

LORRAIN, *bas à Maurice.*

Souvenez vous, monsieur le Marquis... si vous vous trahissez, pour vous comme pour moi, les galères! (*Il sort.*)

## SCENE XIV.

MAURICE, FRANÇOISE.

MAURICE, *tombant sur le fauteuil.*

Les galères!

FRANÇOISE, *s'approchant lentement de Maurice, puis se plaçant devant lui.*

Monsieur le Marquis... je suis Françoise... Françoise Léonard de Clermont-Ferrand... Est-ce que vous n'avez jamais entendu parler de moi ?...

MAURICE, *avec effort.*

Jamais... madame...

FRANÇOISE.

Jamais...

MAURICE.

Non... je... je ne vous connais pas.

FRANÇOISE, *à part.*

Oh!... non! Dieu n'a pas pu créer une ressemblance pareille. (*Maurice va pour sortir Françoise le rappelle.*) Un moment... encore un moment, monsieur le Marquis. Voyez-vous, monsieur, ce n'est pas pour vous offrir ce bouquet que je suis venue ; la pensée d'une fête, pour moi, aujourd'hui... oh! ce serait comme un sacrilége! Si je n'avais pas conservé une espérance, au lieu d'être ici, avec mes compagnes, mes voisines, je me serais renfermée chez moi... pour pleurer... Au lieu de ces habits de fête, je porterais une robe de deuil... (*S'approchant encore.*) Car je suis veuve, monsieur, je suis une pauvre veuve. (*A part.*) Oh! ce n'est pas lui, ce n'est pas lui! (*Elle pleure.*)

MAURICE, *avec douceur.*

Remettez-vous, madame.

FRANÇOISE, *à part, essuyant ses larmes.*

Sa voix... encore sa voix!

MAURICE, *à part.*

O mon courage! mon courage! (*Haut.*) Dites-moi ce que je puis faire pour vous.

FRANÇOISE, *s'animant.*

Comment! vous me regardez, monsieur, et votre cœur, vos souvenirs ne vous disent rien ?

MAURICE.

Je vous le répète, madame... je ne sais... je ne vous connais pas.

FRANÇOISE, *à part.*

Oh! non, Maurice ne m'aurait pas dit cela. Malheureuse, Maurice est mort.

MAURICE, *à part.*

Pauvre Françoise! comme elle souffre. Mais l'infamie... Non, je ne veux pas de l'infamie!...

FRANÇOISE, *revenant à elle.*

Je vous demande bien pardon de ce que je vous ai dit, monsieur. Vous avez dû me croire folle... Oui, c'était de la folie... Mais vous arrivez... de Saint-Domingue... et peut-être avez-vous entendu parler là-bas de Maurice... Maurice, c'était le nom de mon mari, monsieur... Et c'est à Saint-Domingue qu'il est mort. Il serait possible que quelquefois... Vous savez, tous deux... dans le même pays... par hasard, on se rencontre... ou bien... on entend dire... Mon Dieu! mon Dieu! vous devez bien me comprendre... Je vous demande de me parler de lui.

MAURICE.

Maurice... arrivé de France... à Saint-Domingue, dites-vous?

FRANÇOISE, *à part.*

Sa voix... toujours sa voix...

MAURICE.

En effet... ce nom ne m'est pas inconnu.

FRANÇOISE.

Ah! je m'en doutais bien... Attendez, monsieur, attendez! je vais aider votre mémoire... Maurice, c'était un beau et brave jeune homme de votre âge... Maurice qui m'aimait... Oh! oui, il m'aimait bien... Maurice ne nous croyant pas assez heureux au pays, parce que nous étions pauvres, voulut me faire riche. Il me dit que la fortune l'attendait au loin, et que la plus grande preuve d'affection que je pouvais lui donner, c'était de consentir à son départ. Ça me brisa le cœur... Mais si je l'avais retenu, il aurait douté de ma tendresse... Je l'ai laissé partir.

MAURICE.

Et depuis... n'avez-vous pas reçu de ses nouvelles?

FRANÇOISE.

Si, deux fois. La première, ça m'avait rendue bien heureuse... Depuis j'ai attendu trois ans, jour par jour, heure par heure... me disant tous les soirs: c'est pour demain... je le disais encore hier .. aujourd'hui, je ne peux plus même espérer... on m'a remis son acte de décès. . Tenez, le voilà, Monsieur, lisez... vous qui venez du pays, vous me direz bien si l'on m'a trompée. (*Elle lui donne l'acte.*)

MAURICE, *le regardant avec terreur.*

Oh! le faux de ce misérable valet! ce papier me brûle les mains...

FRANÇOISE, *avec anxiété.*

Eh bien?..

MAURICE.

Ce papier porte le nom de Paul Maurice.

FRANÇOISE.

C'est donc une preuve, ça.

MAURICE, *troublé sous le regard de Françoise.*

Sans doute. (*A part.*) Oh ! les galères ! les galères.

FRANÇOISE.

Eh bien, non ! moi qui vous écoute, moi qui vous regarde, je ne peux pas croire que Maurice soit mort... Non, il n'est pas possible que je ne revoie jamais mon mari... Non, il n'est pas possible que Joseph ne connaisse jamais son père.

MAURICE.

Joseph !

FRANÇOISE.

Oui, un beau petit ange, que je faisais prier tous les soirs pour Maurice qui n'a pas su en mourant qu'il laissait un fils orphelin.

MAURICE, *s'oubliant.*

J'ai un fils !

FRANÇOISE.

Ah ! je savais bien que tu étais Maurice.

MAURICE.

Tais-toi ! tais-toi.

FRANÇOISE.

Et tu m'as dit : je ne vous connais pas !

MAURICE.

Si tu savais ce que ce mot m'a fait souffrir !..

FRANÇOISE.

Oui, je le crois, car je ne puis encore te mépriser, ni te haïr... ton cœur est toujours bon, Maurice, puisqu'au nom de notre enfant, tu n'as pu retenir le cri de ta conscience... Mais pourquoi ce silence avec moi?.. Pourquoi m'as-tu renié ? Comment es-tu le marquis de Salnelles ?

MAURICE.

Tu le sauras... mais pas ici... pas dans ce moment.

FRANÇOISE.

Oh ! tu le disais bien en partant, la fortune t'attendait là-bas ; tu avais le pressentiment de ta destinée... mais pourquoi ne m'as-tu rien écrit de tout cela ?

MAURICE.

La prudence me faisait une loi de me taire.

FRANÇOISE.

Oui... c'est possible... on peut avoir des raisons pour cacher qu'on est riche et grand seigneur, mais on écrit... je suis heureux... je pense à toi... je t'aime... mais quand on est vivant on ne fait pas envoyer à sa femme un acte de décès.

MAURICE.

Oh! ce n'est pas moi qui ai fait cela.

FRANÇOISE.

Qui donc?

MAURICE.

Ne me le demande pas... qu'il te suffise de savoir que, dans l'intérêt de notre bonheur, de celui de notre fils surtout, il faut me laisser gagner du temps, me laisser combattre et vaincre la résistance d'une orgueilleuse famille qui ferait casser notre mariage; laisse-moi surtout te mettre à l'abri de la persécution.

FRANÇOISE.

Et que pourrait-on contre moi?..

MAURICE.

On peut te ravir notre enfant.

FRANÇOISE.

Me prendre mon enfant!... allons donc!... ce n'est pas possible.

MAURICE.

Françoise!...

FRANÇOISE.

Enfin, que me demandes-tu?.. que veux-tu?

MAURICE.

Je veux que nos liens ne puissent pas être brisés par une volonté plus forte que la mienne. Je veux que mon fils soit riche et heureux. Mais pour cela, Françoise, il faut que tout le monde ignore que Maurice existe... Pour quelques jours seulement peut-être, je te demande de garder le silence; mais je te le demande à genoux, au nom de notre amour, au nom de Joseph notre fils!

FRANÇOISE, *lui tendant la main.*

Tu t'es souvenu de son nom?... Maurice, tout ce que tu voudras, je le ferai.

MAURICE.

Françoise!

GERMAIN, *annonçant.*

Monsieur Verteuil.

MAURICE.

Verteuil! le notaire de M. de Cremancé!

## SCENE XV.

MAURICE, VERTEUIL, FRANÇOISE.

VERTEUIL.

Monsieur le Marquis, j'allais chez madame la comtesse. Puisque j'ai l'honneur de vous rencontrer, je puis vous dire que les intérêts des deux familles sont réglés à la satisfaction de tous. Vous pourez signer demain votre contrat de mariage avec mademoiselle Isaure de Crémancé. (*Il salue et sort*)

FRANÇOISE, *éclatant*.

Ah! voilà donc pourquoi vous me demandiez de me taire, infâme!

MAURICE.

Françoise!

FRANÇOISE.

Assez de mensonges et d'hypocrisie, monsieur; je ne promets plus rien maintenant. Maurice, je vous donne vingt-quatre heures pour me reconnaître. (*Elle ouvre violemment la porte du fond. On aperçoit Jean-Marie et les Dames de la halle le verre à la main. Lorrain a paru à une des portes latérales.*)

JEAN-MARIE.

A la santé de Françoise!

TOUS.

A la santé de Françoise!

---

# ACTE IV.

Chez Françoise une arrière boutique, à droite, la porte de la chambre à coucher, au fond un vitrage fermé avec des rideaux sépare cette pièce de la boutique.

---

## SCENE I.

GENEVIÈVE, *sortant de la chambre à coucher*.

Allons, dors, mon petit Joseph, dors, mon chérubin... quand maman Françoise rentrera, elle ira t'embrasser... et puis, Fanchonnette est là... Dès qu'il sera l'heure de fermer la boutique, elle viendra près de toi... moi je ne peux pas rester ici, il faut que je retourne à la maison. (*Elle ferme la porte de la chambre à coucher.*) Retourner chez nous? est-ce que je l'oserai jamais!.. Oh! oui... oui... quand il devrait me tuer, je veux revoir Léonard!

LÉONARD, *dans la boutique*.

Tu dis, Fanchonnette, que ma femme est ici?

GENEVIÈVE, *avec terreur*.

Dieu! le voilà!

## SCENE II.

GENEVIÈVE, LÉONARD.

(*A l'aspect de Léonard, Geneviève tressaille et tremble; elle semble clouée sur place par la honte et l'épouvante. — Léonard s'arrête un moment : il contemple Geneviève avec bonté et puis il lui tend les bras.*)

LÉONARD.

Viens donc, ma pauvre Geneviève... tu vois bien que je t'ai pardonnée, puisque je demande à t'embrasser. (*Il va vers elle.*)

GENEVIÈVE, *tombant dans ses bras.*

Tu me pardonnes, Léonard! oh! moi, vois-tu je ne me pardonnerai jamais.

LÉONARD.

Alors, faut donc que je ne me pardonne pas non plus, moi qui suis cause de ce malheur-là.

GENEVIÈVE.

Toi, dis-tu?

LÉONARD.

N'y a pas de doute... c'est parce que je t'ai fait une cachotterie du dépôt que tout ça est arrivé... Va, je te connais bien, Geneviève, si tu avais su que ce trésor-là ne nous appartenait pas, tu n'y aurais jamais touché, j'en suis sûr.

GENEVIÈVE.

Oh! non, jamais!

LÉONARD.

Le mal est fait, il ne faut plus penser qu'à le réparer, et on s'arrangera pour ça... Allons, ma pauvre vieille, ne te désole plus... nous avons là une bien grosse dette... mais les bras sont encore solides... je travaillerai davantage, nous vendrons le petit bien que nous avons au pays et tout sera payé... d'ailleurs notre créancier m'a donné du temps.

GENEVIÈVE.

Tu as vu le marquis de Salnelles?

LÉONARD.

Et je lui ai tout dit... n'y a que les malhonnêtes gens qui se cachent de ceux à qui ils doivent... quand on est le débiteur de quelqu'un et qu'on ne peut pas s'acquitter avec lui, faut aller franchement le trouver et lui dire : v'là pourquoi je ne vous paie pas, ça lui prouve au moins qu'on se souvient de la dette et qu'on a bonne envie de la payer.

GENEVIÈVE.

C'est juste, Léonard, tu as fait ton devoir.

LÉONARD.

J'en ai été récompensé... Si tu savais comme il m'a bien reçu, ce digne jeune homme. . Comme il avait l'air de s'intéresser à nous... Il a voulu me donner quittance... Tu comprends que je ne pouvais pas accepter ça... C'est égal, je suis sorti de chez lui l'esprit plus tranquille et la conscience bien soulagée. Comme j'avais la tête à moi, j'ai pris une bonne résolution... je m'en suis allé chez M. Guillemin, le trésorier des halles... je lui ai demandé hardiment s'il pouvait me prêter la somme en question.

GENEVIÈVE.

Six mille livres?

LÉONARD.

Tout autant... Bien entendu que si tout ce que nous avons ne suffisait pas pour le remboursement, ma fille Françoise répondrait du reste, et ferait honneur à la parole de son père.

GENEVIÈVE.

Malgré tout ça, il t'a refusé.

LÉONARD.

M. Guillemin m'a dit tout simplement : Je vous connais, Léonard; je n'ai pas besoin pour vous d'un autre répondant que vous-même; c'est six mille livres qu'il vous faut : les voilà en bons billets sur la caisse des fermiers-généraux. Tiens, regarde ces trois petits chiffons de papier ; ça vaut 6,000 livres en or... Avec ces billets-là... demain, je pourrai aller trouver le marquis... je pourrai lui rendre le dépôt que son père m'avait confié, et le remercier encore de ce qu'il voulait faire pour moi... Tu viendras le remercier aussi, Geneviève ; tu verras quel brave homme que c'est, ce marquis de Salnelles ! (*Pendant ces derniers mots, Françoise est entrée et a jeté son mantelet sur un meuble.*)

## SCENE III.

GENEVIÈVE, FRANÇOISE, LÉONARD.

FRANÇOISE, *avec indignation.*

Le marquis de Salnelles, mon père... c'est un infâme !

LÉONARD.

Qu'est-ce que tu dis donc là, Françoise?

FRANÇOISE.

Je dis que le marquis de Salnelles, c'est Maurice, c'est mon mari!

GENEVIÈVE.

Ton mari !

LÉONARD.

Allons donc ! ça n'est pas possible !

FRANÇOISE.

Oh ! je l'avais bien reconnu, ce matin ; pourtant, je me disais : Je me trompe, je suis folle... Mais quand j'ai été chez lui... seule avec lui... alors, voyez-vous, plus moyen de suspecter ma raison, d'accuser ma mémoire : il a bien pu me démentir, lui ; mais moi, je ne pouvais plus douter.

GENEVIÈVE.

Comment... il serait vrai !...

FRANÇOISE.

C'est lui, je vous le jure devant Dieu... et, cependant lorsque seule à seul je lui ai dit avec des larmes : je suis Françoise... lui, Maurice, il m'a répondu : je ne vous connais pas ! (*Elle pleure.*)

LÉONARD.

Mais alors, tu vois bien, mon enfant...

FRANÇOISE.

Attendez, mon père, attendez... bien certaine que je ne me trompais pas... je lui ai parlé de Joseph... Au nom de son fils, il s'est troublé et m'a tout avoué enfin ; puis, dans l'intérêt, disait-il, de ma propre sûreté et de l'avenir de ce cher enfant, il m'a suppliée de garder pendant quelque temps encore le silence sur notre union... Moi, faible et crédule que j'étais, abusée par de feintes caresses, par ses larmes hypocrites, j'allais lui promettre tout ce qu'il voulait. Savez-vous pourquoi Maurice me demandait le silence?... C'était pour me tromper encore !... c'était pour épouser une autre femme qu'il aurait trompée comme moi !

GENEVIÈVE.

Maurice existe... mais pourtant cet acte de décès...

LÉONARD.

Parbleu ! c'est tout clair... je comprends... Maurice ne voulant pas la faire marquise la faisait veuve... Va, Françoise, cet homme-là ne t'a jamais aimée et la distance qui vous sépare est un bonheur pour toi... il faut le laisser dans sa classe où il nous dédaigne et rester dans la nôtre où nous avons le droit de le mépriser.

FRANÇOISE.

Non, mon père, une autre femme ne portera pas le titre que je n'ambitionnais pas, mais qui m'appartient... je deviendrais moi-même le complice de l'infâme si je l'aidais par mon silence à dépouiller notre enfant... Mon fils ne s'appellera pas Joseph l'orphelin quand son père est vivant et marquis de Salnelles.

LÉONARD.

Tu as raison, Françoise... c'est un crime que Maurice veut commettre, et le silence devant le crime, ce n'est pas de la résignation, c'est de la lâcheté.

FRANÇOISE.

J'ai donné vingt-quatre heures à Maurice pour se repentir et me reconnaître... c'était trop. Ce soir même, vous mon père, Joseph et moi, nous retournerons à l'hôtel du marquis... nous verrons si M. de Salnelles osera faire chasser de chez lui sa femme et son enfant!

LÉONARD.

Bien dit, Françoise... partout où une femme retrouve son mari, faut qu'elle le réclame, et quand on attaque les droits de son fils, n'importe contre qui, une mère doit les défendre. Maurice pourrait avoir l'audace de demander des preuves, on lui en montrera. Je vas à la maison chercher ton acte de mariage... si ça ne suffit pas, il y a les tribunaux... Sois tranquille, Françoise, ta cause est gagnée; la loi ne reconnaît ni grands ni petits; le bon droit est de ton côté, et la justice en France est pour tout le monde. (*Il sort par le fond.*)

## SCENE IV.

FRANÇOISE, GENEVIÈVE.

FRANÇOISE.

Oui, je plaiderai s'il le faut! (*Avec douleur.*) Plaider contre Maurice! cet affreux, cette idée-là... Me voyez-vous, moi, pauvre femme, devant un tribunal, avec mon enfant, réclamant d'un mari, d'un père, le titre et le nom que je devrais tenir de son amour... Maurice serait condamné, je le sais bien... En serais-je moins malheureuse... non... Les juges pourraient bien me rendre mes droits, ils ne me rendraient pas son cœur!

GENEVIÈVE.

Espérons, Françoise, que les choses n'iront pas aussi loin. (*En ce moment Lorrain paraît avec la comtesse.*)

## SCENE V.

LORRAIN, LA COMTESSE, FRANÇOISE, GENEVIÈVE.

LORRAIN, *introduisant la comtesse.*

Nous y sommes... veuillez entrer, madame. (*Désignant Françoise.*) Voici Françoise Léonard!

GENEVIÈVE.

Des acheteurs, une grande dame!

FRANÇOISE, *reconnaissant Lorrain.*

Le valet de chambre de Maurice.

LA COMTESSE.

Moi, madame, je suis la tante du marquis de Salnelles.

FRANÇOISE.

En vérité !

LORRAIN.

Madame la comtesse voudrait vous parler... mais à vous seule.

GENEVIÈVE.

A votre aise. madame... (*A Françoise.*) Je vas auprès de Joseph.

FRANÇOISE, *intriguée.*

Oui... allez, ma mère... allez... (*A elle-même.*) Cette visite... c'est bien étrange !...

LORRAIN, *qui époussette une chaise avec son mouchoir et la présente à la comtesse, à voix basse.*

J'ai dû vous avouer le mariage de mon maître... Souvenez-vous, madame, que Françoise ne lui a donné que vingt-quatre heures pour faire d'une dame de la halle une marquise de Salnelles.

LA COMTESSE, *à demi-voix.*

Prétention ridicule, insultante.

LORRAIN.

Si vous n'obtenez pas la renonciation de cette femme, il nous reste la lettre de cachet.

FRANÇOISE.

Eh bien ! madame, ma mère n'est plus là... j'attends que vous me fassiez l'honneur de me dire ce qui vous amène chez moi.

LA COMTESSE.

Depuis une heure seulement... je sais quel lien vous unit à mon neveu.

FRANÇOISE, *avec joie.*

Ah ! Maurice vous a donc appris...

LORRAIN.

Non, c'est moi qui ai tout révélé à madame, à l'insu de monsieur le marquis, au risque de sa colère. J'ai trahi son secret... il me punira... me chassera peut-être... mais ma conscience est en repos... elle me dit que j'ai agi en fidèle et zélé serviteur... fais ce que dois, advienne que pourra.

FRANÇOISE, *à la comtesse.*

Et alors, vous êtes venue ici tout de suite... pour me chercher peut-être...

LA COMTESSE, *embarrassée.*

Vous chercher.

LORRAIN, *souriant.*

Mais non... pas absolument.

FRANÇOISE, *avec confiance.*

C'est au moins pour parler de nos affaires de famille.

LA COMTESSE, *blessée.*

De famille!

LORRAIN, *intervenant.*

C'est justement cela, pour parler affaires.

FRANÇOISE.

Il ne peut pas y avoir grande discussion entre nous... vous êtes la seule parente de Maurice, et moi, je suis sa femme!.. je voudrais vous faire plus d'honneur à tous deux par ma naissance et par mon éducation... mais j'ai de la bonne volonté, et en prenant exemple sur vous, madame, je parviendrai si bien à compléter l'une que je me ferai pardonner l'autre...

LA COMTESSE.

Si vous preniez la peine de réfléchir un moment, vous comprendriez, madame, qu'à l'époque où mon neveu vous épousa, il s'ignorait lui-même et ne pouvait supposer que ce mariage fût une mésalliance.

FRANÇOISE, *franchement.*

Oh! pardon... il le savait bien.

LA COMTESSE.

Comment?

LORRAIN.

Ceci est fort.

FRANÇOISE.

Chez nous les plus pauvres sont très-scrupuleux sur l'honneur de la famille... on regarde comme une honte de s'allier à quelqu'un qui ne peut avouer ou faire connaître ses parents... Les miens sont parmi les plus estimés du pays... Maurice n'avait pas de nom, mais je l'aimais .. j'avais confiance dans son amour et dans sa probité... aussi malgré tout ce qu'on a pu dire, je n'ai écouté que mon cœur qui me disait : enfant légitime ou non, un honnête garçon ne peut pas être indigne d'une honnête fille.

LORRAIN.

C'est-à-dire que c'est la famille Léonard qui se serait mésalliée...

FRANÇOISE.

Sans doute, on le disait alors... peut-être dira-t-on aujourd'hui que ce sont les Salnelles qui ont à rougir de cette union-là!... Eh bien, s'il y a du mérite à braver le préjugé, Maurice se souviendra que j'ai été la première à en donner l'exemple et il n'aura pas moins de courage que moi.

LA COMTESSE.

Sans vous énumérer ici toutes les illnstrations que compte la famille dans laquelle vous prétendez entrer, sachez madame, que notre aïeul maternel fut maréchal de France et qu'il mourut glorieusement sous les yeux du roi.

FRANÇOISE.

Chacun à son héros, madame la comtesse; mon grand-père n'était que sergent... mais c'est en prenant un drapeau à l'ennemi qu'il est tombé sur le champ de bataille; nous avons donc toutes deux le même droit d'être fières, car la France qui compte tous les services honore également le général et le soldat, quand général et soldat sont morts bravement pour elle.

LA COMTESSE.

Ce n'est pas de votre famille, mais de vous seulement qu'il s'agit, et j'arrive droit au but. (*Elle tire un papier de son corsage et le présente à Françoise.*) Vous pouvez remplir ce blanc-seing, madame... mettez-y telle somme qu'il vous plaira... quelle que soit l'importance du chiffre, demain cette somme vous sera comptée.

FRANÇOISE.

Pardon, madame, pardon, je ne vous comprends pas.

LORRAIN.

C'est pourtant bien clair... Madame la comtesse se met à votre discrétion... elle vous offre une fortune.

LA COMTESSE.

En échange de votre départ de Paris.

LORRAIN.

De votre promesse de n'y pas revenir.

LA COMTESSE.

En échange, enfin, de votre consentement à la nullité de votre mariage.

FRANÇOISE, *s'animant par degrés.*

Ah çà! mais, madame, ce que vous me proposez là, c'est tout bonnement une lâcheté, une bassesse, une infamie... c'est déjà trop m'insulter que d'en avoir eu seulement la pensée. (*Les regardant tous deux.*) Il faut vraiment que vous soyez bien audacieux et bien imprudents pour venir ainsi chez moi marchander mon honneur... Vous ne savez donc pas dans quel quartier vous êtes et à qui vous parlez, madame!.. celle que vous venez outrager en face est une femme sans éducation, qui ne sait pas ménager ses paroles et à qui l'indignation peut faire oublier le respect qu'elle se doit... c'est une dame de la halle, enfin! une dame de la halle qui ne souffre pas l'insulte n'importe d'où elle vienne, et qui ne craint pas de la renvoyer n'importe à qui!...

LORRAIN, *à part.*

Nous voilà en plein marché des Innocents.

LA COMTESSE, *avec une sorte d'effroi.*

Madame!

FRANÇOISE, *avec calme.*

Rassurez-vous; vous aviez oublié qui je suis, je me rappellerai toujours qui vous êtes.

LA COMTESSE.

Alors, nous pourrions nous entendre.

FRANÇOISE.

Oh! c'est bien entendu .. si c'est Maurice qui vous envoie, madame, répondez-lui qu'une honnête femme ne vend pas son mari, qu'une honnête mère ne fait pas de son fils un bâtard.

LE COMTESSE.

Réfléchissez encore. . .

FRANÇOISE.

C'est tout réfléchi... Quand Maurice était pauvre et sans famille, nous l'avons accueilli sous notre toit; alors, je lui ai dit: Voilà ma main, Maurice et à présent, vous êtes ici chez vous; ce soir, madame, avant une heure, le marquis de Salnelles me recevra dans son hôtel, comme nous l'avons reçu dans notre chaumière, et à son tour, il me dira: Vous êtes ici chez vous.

LA COMTESSE.

Il suffit, madame... Venez, Lorrain.

LORRAIN, *à part.*

Bon, nous allons chez le lieutenant criminel! (*Lorrain et la Comtesse sortent.*)

## SCENE VI.

FRANÇOISE, *puis* ARMAND.

FRANÇOISE, *seule.*

Oh! cette femme a bien fait de partir... Ce n'est pas ma colère que je craignais de laisser éclater, c'est ma douleur... Je ne voulais pas pleurer devant elle... (*Elle s'assied et pleure dans ses mains.*)

ARMAND, *entrant.*

Puis-je vous parler, madame Maurice?

FRANÇOISE.

Monsieur Armand! ce n'est pas vous que j'attendais; c'est égal, entrez.

ARMAND.

Oh! je ne vous importunerai pas longtemps... Mais vous vous êtes montrée si bonne, si bienfaisante pour moi, que je ne voulais pas partir sans vous faire mes adieux.

FRANÇOISE, *avec intérêt.*

Vous quittez Paris.

ARMAND.

La France même pour toujours...

FRANÇOISE.

Eh! pourquoi vous expatrier?

ARMAND.

Il le faut.... Si je restais, je verrais celle que j'aime appartenir à un autre, et je ne veux pas être témoin du mariage de mademoiselle de Cremancé.

FRANÇOISE, *comme frappée d'un souvenir.*

Isaure.... Oui, c'est ce nom qu'on a prononcé tantôt devant moi... et mademoiselle de Cremancé est celle que vous aimez?

ARMAND.

Oui, madame.

FRANÇOISE.

Mademoiselle de Cremancé qui doit épouser le marquis de Salnelles, n'est-ce pas?

ARMAND.

C'est cela.

FRANÇOISE.

Eh bien! rassurez-vous, mon ami, ce mariage ne se fera pas.

ARMAND.

Que dites-vous?

FRANÇOISE.

Je dis, que jamais, entendez-vous bien, jamais mademoiselle de Cremancé ne sera marquise de Salnelles, moi, vivante, elle ne portera pas ce nom. Il ne m'est pas encore permis de vous dire ce qui me donne cette certitude, mais sur Dieu, sur le salut de mon âme, je vous le répète, mon ami: ce mariage ne se fera pas.

ARMAND.

C'est étrange, mais une autre personne aussi m'a donné cet espoir.

FRANÇOISE.

Qui ça?

ARMAND.

Madame Henriot que j'ai revue tout à l'heure... Elle m'a dit la douleur de mademoiselle Isaure.... et pour empêcher une union qui fait le malheur de deux personnes, cette excellente dame m'a promis d'écrire ce soir même à M. de Salnelles sur qui elle a, dit-elle, quelque pouvoir.

FRANÇOISE.

Oh! j'en aurai plus qu'elle, moi.... Ainsi espérez et ne partez pas.

## SCENE VII.

FRANÇOISE, ARMAND, JEAN-MARIE.

JEAN-MARIE, *au fond, montrant la tête dans l'entrebaillement de la porte.*

Peut-on entrer?

FRANÇOISE.

Toi, Jean-Marie? Pardieu! Je vous l'ai dit, monsieur Armand, ne partez pas, attendez au moins quelques jours.

ARMAND.

Oui, madame, j'attendrai, je reverrai ce soir madame Henriot et...

JEAN-MARIE.

C'est ça, restez et passez gaiement le carnaval .. faites comme les autres... tout le monde en est jusqu'à Eustache, le rendez-vous de la bande joyeuse est pour ce soir à six heures devant la fontaine des Innocents, et de là : place au cortége, en route pour les Porcherons.

ARMAND.

Merci, monsieur Jean-Marie... ce rendez-vous-là n'est que pour les gens heureux. (*Il sort.*)

## SCENE VIII.

JEAN-MARIE, FRANÇOISE.

JEAN-MARIE, *soupirant.*

A ce compte-là, je ne devrais pas y aller non plus... et si je n'avais pas promis aux autres...

FRANÇOISE.

Comment! tu n'es pas heureux, Jean-Marie?

JEAN-MARIE.

Après ça, je peux le devenir... en faisant ce que m'a conseillé la mère Morand.

FRANÇOISE.

Quoi donc?

JEAN-MARIE.

En v'là une digne femme et qui est d'un bon exemple... elle adorait son premier mari ; aussi quand elle l'a perdu, chacun s'est dit : l'échelle est tirée, personne ne pourra plus lui arriver au cœur... Eh ben, elle a aimé son second plus encore que son premier, et elle me disait tout à l'heure qu'elle chérissait son troisième plus tendrement que les deux autres... Dame! ça m'avait encouragé... vous comprenez ?.

FRANÇOISE.

Non, je ne comprends pas...

JEAN-MARIE, *résolument.*

Oh! ma foi, tant pis... vos yeux ont beau être grands, ils ne m'avaleront pas... voilà la chose ; ça va tomber d'aplomb comme un sac de farine... Madame Françoise, vous êtes veuve, je suis garçon ; vous êtes belle, je ne suis pas mal ; vous avez des écus, j'ai un vieil oncle cousu de vieux rhumatismes et de vieux louis ; il me laissera tout... dites-moi qu'un jour tout ça pourra se mettre ensemble, alors je reste à Paris... Dites-moi non : je fais mon paquet et je pars pour Marseille...

FRANÇOISE.

Jean-Marie, tu ne partiras pas.

JEAN-MARIE, *incertain.*

Comment?

FRANÇOISE.

Je ne peux pas être ta femme, mon garçon, mais tu es mon ami... j'ai besoin de toi, tu resteras.

JEAN-MARIE, *soupirant.*

Je resterai.

FRANÇOISE.

Jean-Marie, j'ai un service à te demander.

JEAN-MARIE.

Quelque chose à me demander... vous, Françoise... ne demandez pas, prenez à même.

FRANÇOISE.

Écoute, je vais sortir pour une affaire importante.

JEAN-MARIE.

Bon, compris... vous voulez que je vous accompagne... Au diable les Porcherons... (*Offrant son bras.*) Voilà!

FRANÇOISE.

Non, ce n'est pas cela... Jean-Marie, tu viendras ici demain, et si je n'étais pas rentrée, si je n'avais pas donné de mes nouvelles... tu iras droit à l'hôtel de Salnelles, tu demanderas à voir le marquis... si les valets te refusent la porte...

JEAN-MARIE.

Je les ferai passer par la fenêtre.

FRANÇOISE.

Tu arriveras.

JEAN-MARIE.

J'arriverai.

FRANÇOISE.

Alors, tu demanderas au marquis de Salnelles ce qu'il a fait de Françoise, ce qu'il a fait de sa femme.

JEAN-MARIE.

De sa femme?

FRANÇOISE, *poursuivant.*

Jusqu'à demain, pas un mot de ce que je viens de te dire... Si demain le marquis refuse de te répondre, c'est que je serai en danger... agis, alors, comme si tu m'entendais te dire : Jean-Marie, sauve-moi!

JEAN-MARIE.

Je ne comprends pas un mot... mais ça me suffit... Si j'allais ce soir avec vous?

FRANÇOISE.

Non, mon ami; ce soir mon père seul doit m'accompagner chez le marquis de Salnelles.

JEAN-MARIE.

Le père Léonard!... bien! il est solide aussi, celui-là... A demain, madame Françoise, bonne chance, (*A part, et poussant un gros soupir.*) Oh! (*Il sort.*)

FRANÇOISE, *seule.*

Le cœur de Jean-Marie ne me fera pas défaut... je peux compter sur lui. Mais qui peut donc retenir mon père? (*Prenant son mantelet.*) C'est trop attendre! je vais au-devant de lui.

## SCENE IX.

FRANÇOISE, DES AFFIDÉS, *puis* LORRAIN, *ensuite* GENEVIEVE.

UN AFFIDÉ.

Vous êtes Françoise Maurice?

FRANÇOISE.

Oui; que voulez-vous, messieurs?

UN AFFIDÉ.

Il faut nous suivre, madame.

FRANÇOISE.

Vous suivre! où donc?

LORRAIN, *paraissant au fond.*

En prison.

FRANÇOISE, *s'arrêtant interdite.*

Oh! Maurice! Maurice!

GENEVIÈVE, *paraissant sur le seuil de la porte à droite, répète avec terreur.*

En prison!

---

# ACTE V.

Un carrefour formé par la rencontre des rues aux Fers et Saint-Denis. — Au coin de la rue aux Fers, la fontaine des Innocents. — Au premier plan, à droite, un cabaret avec fenêtre et balcon praticable. — Aux autres plans, des maisons ayant aussi des fenêtres praticables.

## SCÈNE I.

LA MÈRE MORAND JAVOTTE, CABOCHE, MASQUES *et* CURIEUX.

(*Au lever du rideau le carrefour est encombré de masques en costumes élégants ou grotesques. Une calèche arrêtée au fond, près de la fontaine, est pleine de forts et de poissardes. Des curieux sont à toutes les fenêtres; la mère Morand, Caboche, Javotte et les autres personnages, exécutent une ronde générale. Des torches allumées éclairent le joyeux tableau.*)

LA MÈRE MORAND, *écoutant le bruit d'une musique éloignée.*

Attention, les enfants, v'là des amis; serrons les rangs.

CABOCHE.

Pardine! c'est ce satané Eustache qui vient avec toute sa suite.

LA MÈRE MORAND.

Bah! Eustache a-t-une suite? En v'là z'une conduite. Il a donc vidé de c'coup-ci les vieux bas d'la mère Bobi?

CABOCHE.

Fi donc! ce n'est pas l'argent des aumônes qu'il dépense... C'est sa gratification d'apprenti; il arrose ce soir sa bienvenue dans le compagnonnage, et comme le cortége du bœuf gras est disponible ce soir, il l'a loué pour faire son entrée triomphante aux Porcherons.

CABOCHE ET LES AUTRES.

Le voilà! le voilà! (*On se range pour faire place au cortége.*)

### SCENE II.

LES MÊMES, EUSTACHE *et le* CORTÉGE DU BOEUF GRAS.

(*Le cortége du bœuf gras, musique en tête, débouche par la droite. Le bœuf gras est remplacé par Eustache en costume de Bacchus couronné de lierre et à cheval sur le tonneau de Léonard, que traîne son âne Manon, conduit par l'Amour.*)

EUSTACHE, *criant.*

Assez, la musique... assez... Vous couvrez mon éloquence, et il faut que je la mette à nu.

LA MÈRE MORAND.

Eh bien! mets à nu, gros Bacchus!

EUSTACHE, *déclamant.*

Bas peuple que vous êtes... (*Mouvement; il reprend.*) Je dis bas peuple, parce que je suis en voiture et que vous êtes des va-z-à-pieds.

LA MÈRE MORAND.

Oui, faraud, tu nous regardes de ton n'haut.

EUSTACHE.

Celui que vous avez devant les yeux a vu fleurir vingt dimanches-gras, et il faisait toujours maigre; mais aujourd'hui son ordinaire va changer. C'est pour lui comme pour les autres que le vin coule et que la broche tourne. Je veux m'en donner à faire trembler les populations. Comme je ne sais pas au juste ce que je contiens, il est possible que je passe ma mesure... En ce cas, j'invite ceux qui me ramasseront à me faire reconduire chez moi à leurs frais... Si je me casse en tombant, on est prié de rapporter fidèlement les morceaux.

CABOCHE.

Tiens, mais c'est l'âne au père Léonard.

EUSTACHE.

Vous vous êtes reconnus tous les deux, hein? Ah! mais est-ce qu'on n'est pas plus gai que ça aux Innocents? Eh bien! et la ronde et la chanson!

LA MÈRE MORAND.

On t'attendait, mon cadet.

TOUS.

La chanson.

CABOCHE.

Air *nouveau de M. Artus.*

PREMIER COUPLET.

Quel est le temps du vrai régal?

CHŒUR.

Le carnaval! le carnaval!

CABOCHE.

Quand tout Paris n'est-il qu'un bal?

CHŒUR.

Au carnaval! au carnaval!

CABOCHE.

C'est l'règne des bamboches.
Dépensons tout, la rente et l'capital,
Il faut vider ses poches
Et faire bacchanal!

REPRISE EN CHŒUR.

C'est l'règne des bamboches, etc., etc.

DEUXIÈME COUPLET.

CABOCHE.

Qui remplit l'air de bacchanal!

CHŒUR.

Le carnaval.

CABOCHE.

Qui fait de tous chacun l'égal?

CHŒUR.

Le carnaval.

CABOCHE.

Les baisers, les taloches,
En carnaval tout est bien, rien n'est mal.
Amis, vidons nos poches
Et faisons carnaval.

REPRISE EN CHŒUR.

Les baisers, les taloches, etc.

TROISIÈME COUPLET.

CABOCHE.

Qui des amours grossit l' total ?

CHŒUR.

Le carnaval ! le carnaval !

CABOCHE.

Et quand d'l'hymen s'fich'-ton pas mal ?

CHŒUR.

Au carnaval ! au carnaval !

CABOCHE.

Qu'not' gaîté soit sans r'proches,
Qu' l'pauvre ait place au banquet général,
Pour lui vidons nos poches,
Il f'ra son carnaval.

CHŒUR.

Qu'not' gaîté, etc., etc.

EUSTACHE.

Eh bien ! et la fricassée. Aujourd'hui on la danse partout. En avant la fricassée. J'ai soif de la fricassée.

LA MÈRE MORAND.

Eh bien ! fricassons, mon Alston.

EUSTACHE.

C'est ça, fricassons, mon gros tendron. (*Danse de la fricassée. Après la danse, six heures sonnent.*)

EUSTACHE.

Les Porcherons doivent être illuminés. Aux Porcherons !

TOUS.

Aux Porcherons !

LA MÈRE MORAND.

Un moment, s'il vous plaît, nous ne sommes pas au complet.

CABOCHE.

C'est ma foi vrai ; Jean-Marie manque à l'appel. (*Appelant.*) Ohé ! Jean-Marie !

TOUS.

Jean-Marie !

JEAN-MARIE, *paraissant au balcon du cabaret en costume de fort et tête nue.*

Qu'est-ce qu'il y a ?

LA MÈRE MORAND.

Dis donc, Zéphir, on t'attend pour partir.

JEAN-MARIE.

Allez toujours... je vous rejoindrai... je n'attends plus que mon chapeau... on le couvre de fleurs!

LA MÈRE MORAND, *montant sur la calèche.*

En ce cas-là, place sur le siége, et en avant le cortége! (*La musique reprend sa marche triomphale. La calèche et le cortége d'Eustache disparaissent derrière la fontaine des Innocents.*)

## SCENE III.

JEAN-MARIE, *sortant du cabaret; il a un boisseau de fleurs et de rubans à son chapeau.*

Toute réflexion faite, je n'irai pas folichonner aux Porcherons, quand Françoise court peut-être un grand danger... Elle va à l'hôtel de Salnelles... c'est là aussi que je dois aller... pas dedans, par exemple... ma consigne est de n'y entrer que demain... Mais je veux faire faction toute la nuit devant la porte... examiner les allants et les venants... Si j'entrevois du louche... je saute à pieds joints sur la consigne... j'entre en vainqueur à l'hôtel... et toutes les portes qui ne voudront pas s'ouvrir, gare derrière!... C'est ça, allons... (*Il fait un mouvement et s'arrête.*) Tiens! v'là qu'il pleut... ça va gâter mon jardin. Ah! en mettant mon mouchoir dessus. (*Il cherche à garantir les fleurs de son chapeau.*) Diable! il n'y a pas assez de toile... Au fait, je peux prendre une voiture... D'abord, le dimanche gras je vas toujours en voiture. (*Il regarde à gauche.*) Eh bien, oui, mais n'y en a pas sur la place. (*En ce moment une voiture venant de la gauche se dispose à traverser le théâtre.*)

## SCENE IV.

JEAN-MARIE, QUATRE AFFIDÉS *escortant la voiture.*

LE COCHER, *arrêtant ses chevaux, et à Jean-Marie.*

Gare! gare donc!

JEAN-MARIE, *se retournant.*

Tiens, comme ça se trouve... Cocher, je te prends.

LE COCHER.

Je suis chargé.

JEAN-MARIE.

Tu dis ça parce que tu n'es pas sur la place, et que tu veux te faire payer double. Ça me va tout de même.

FRANÇOISE, *dans la voiture, se montrant.*

Jean-Marie, sauve-moi!

JEAN-MARIE, *reculant stupéfait.*

Françoise!

UN AFFIDÉ.

Oui, que nous conduisons au For-l'Évêque.

JEAN-MARIE.

Françoise au For-l'Évêque... il faudrait ma permission pour ça.

L'AFFIDÉ, *à ses camarades.*

Emmenez ce fou, et qu'on le jette au poste !

JEAN-MARIE.

Au poste ?... moi !... je vas vous flanquer dans la fontaine ; vous n'êtes que quatre, ce ne sera pas long. (*Il saisit un bâton et se dégage des Affidés. Le cocher, descendu de son siége, veut résister, Jean-Marie le prend et le jette dans le bassin de la fontaine, puis sautant à son tour sur le siége, il s'adresse à Françoise.*) A présent, où faut-il vous conduire ?

FRANÇOISE.

A l'hôtel de Salnelles.

JEAN-MARIE, *prenant les rênes et faisant claquer son fouet.*

Au galop, poulets d'Inde... A l'hôtel de Salnelles.

---

# ACTE VI.

Un salon ; au fond, la porte donnant sur l'antichambre ; à droite, celle de la bibliothèque. — Au deuxième plan, portes latérales ; la porte à droite ouvre sur l'appartement de la comtesse ; la porte à gauche sur celui de Maurice. — Au premier plan, à droite, une fenêtre avec balcon.

---

## SCENE I.

ARMAND, *seul, et comme cherchant quelqu'un.*

Personne ! pas un valet !... Ah ! mais quelqu'un va venir sans doute, et je pourrai voir le marquis de Salnelles. Cette bonne madame Henriot, elle paraissait tout à l'heure si certaine du succès de ma démarche, que je n'ai pu m'empêcher de partager sa confiance. Oui, c'est folie peut-être ; mais, au fond du cœur, et pour la première fois, j'espère.

## SCENE II.

GERMAIN, ARMAND.

GERMAIN, *à lui-même, apercevant Armand.*

Quelqu'un ici ! un étranger ! et le suisse l'a laissé entrer !..

Quelle imprudence!... Il a donc oublié les ordres de Lorrain! (*Haut.*) Que demandez-vous, monsieur?

ARMAND.

Quelqu'un pour m'annoncer.

GERMAIN.

Chez madame la comtesse?

ARMAND.

Non; à monsieur le marquis de Saluelles. J'ai une lettre pour lui.

GERMAIN.

De quelle part?

ARMAND.

De la part de madame Henriot.

GERMAIN, *à part.*

Justement, celles-ci sont particulièrement consignées... Si monsieur veut me donner sa lettre...

ARMAND.

Je désire la remettre moi-même.

GERMAIN.

Cela ne se peut pas, monsieur; mon maître vient de sortir.

ARMAND.

On m'avait assuré le contraire. Qu'importe! j'attendrai son retour.

GERMAIN.

Il ne rentrera que fort tard.

ARMAND.

S'il le faut, j'attendrai toute la nuit.

GERMAIN, *à part.*

C'est fort embarrassant... Et Lorrain qui est absent. (*Haut.*) C'est que... vous laisser attendre dans le salon...

ARNAUD.

Oh! qu'à cela ne tienne... où vous voudrez, pourvu que je ne sorte pas de l'hôtel.

GERMAIN, *à lui-même.*

Ah çà, où vais-je?... pardieu! c'est cela (*Haut et ouvrant la porte du fond à droite.*) Entrez ici... c'est la bibliothèque; elle est éclairée... lisez pour prendre patience... Ah! par exemple, mon maître pourra bien ne rentrer qu'au jour.

ARMAND, *entrant dans la bibliothèque.*

Soit; j'attendrai jusqu'à demain.

GERMAIN, *un moment seul.*

En ce cas bonne nuit! Là, je ne crains rien, pas d'autre issue...

il ne peut voir personne et personne ne le verra... à son retour, Lorrain s'en débarrassera s'il peut ; mais ça n'est pas facile.

## SCENE III.

MAURICE, GERMAIN.

MAURICE, *sortant de chez lui.*

Eh bien Germain... mes ordres ?..

GERMAIN.

Le carrosse de Monsieur le marquis est en bas devant le perron.

MAURICE.

J'ai demandé mon plus riche équipage, un piqueur en avant avec le flambeau allumé et, derrière, deux valets de pied en grande livrée.

GERMAIN.

Tout le monde est prêt pour conduire Monsieur le marquis à la cour.

MAURICE.

Ce n'est pas à la cour que je vais, c'est à la halle... Allez chercher mon épée, mon chapeau.

GERMAIN, *à part, en entrant chez le Marquis.*

A la halle !

## SCENE IV.

MAURICE, *seul.*

Oui, la résolution que j'ai prise est la seule qui puisse effacer mes torts et me réconcilier avec moi-même. A Françoise il faut une réparation éclatante... arrière la lâche terreur que la menace du Lorrain a pu m'inspirer aujourd hui. On pourra, dit-il, me croire avec lui l'auteur du faux acte du décès de Maurice le porte-balle... Pour racheter la preuve du crime de ce misérable, je sacrifierai s'il le faut la moitié de ma fortune... et si à aucun prix je ne puis l'anéantir, si on m'accuse, si on doute de mon innocence ! que la justice me frappe, Françoise m'aura pardonné.

## SCENE V.

MAURICE, GERMAIN, LA COMTESSE.

LA COMTESSE, *entrant par la gauche.*

Vous sortez, mon ami ?

MAURICE.

A l'instant, madame.

LA COMTESSE.

J'allais donner l'ordre d'atteler.. mais puisque vous avez demandé la voiture, vous voudrez bien, je l'espère, m'accompagner.

MAURICE.

Sans doute, madame; où dois-je vous faire conduire?

LA COMTESSE.

Vous venez avec moi chez monsieur le comte de Crémancé.

MAURICE.

Chez le comte de Crémancé ! (*A Germain.*) Sortez, Germain.

LA COMTESSE, *à part.*

Je comprends son hésitation... elle va cesser. (*A Germain.*) Sortez donc! (*Germain sort.*)

MAURICE.

Je n'ai pas voulu, madame, rendre ce valet témoin de ma résistance à votre volonté; mais je dois vous l'avouer, le projet d'alliance que vous aviez formé pour moi est rompu.

LA COMTESSE.

Vous vous trompez, monsieur; il n'y sera rien changé.

MAURICE.

J'ai écrit à monsieur de Crémancé.

LA COMTESSE.

Une lettre qui n'a pu lui parvenir

MAURICE.

Comment ?...

LA COMTESSE, *lui rendant la lettre.*

La voici.

MAURICE.

Ah! cette lutte ne peut durer, madame; il faut que vous sachiez...

LA COMTESSE.

Quoi? que vous êtes marié à une certaine Françoise Léonard... une dame de la halle, comme on l'appelle; je sais tout cela, mon cher neveu; qu'importe! ce mariage est nul.

MAURICE.

Il faut pour cela que j'en demande la nullité, ne l'espérez jamais... J'ai trop longtemps sacrifié mon devoir à des considérations de nom et de fortune, je ne lui sacrifierai pas mon honneur et mon amour. . non, je ne repousserai pas une seconde fois, dans ma prospérité, celle qui m'accueillit dans ma misère. Vous me demandiez tout à l'heure où j'allais, madame la comtesse?... Je vais chez ma femme. (*Il fait un mouvement pour sortir.*)

LA COMTESSE.

Eclat imprudent! scandale inutile! Vous ne trouverez pas chez elle Françoise Léonard.

MAURICE.

Comment? que voulez-vous dire?

## SCENE VI.

LES MÊMES, LORRAIN; *puis* GERMAIN, *ensuite* LÉONARD.

LORRAIN, *entrant.*

Les ordres de madame la comtesse sont exécutés.

MAURICE.

Vos ordres... et contre qui donc, madame, avez-vous donné des ordres?

LÉONARD, *au dehors.*

Je veux voir le marquis de Salnelles... je le verrai!...

LA COMTESSE.

Qu'est-ce donc?

GERMAIN, *paraissant.*

Un homme est là qui dit s'appeler Léonard et veut voir monsieur le Marquis.

MAURICE.

Léonard! qu'il entre... qu'il entre...

LÉONARD, *entrant.*

Ah! enfin, le voilà!

LA COMTESSE.

Que veut cet homme? qui est-il?

LÉONARD.

Qui je suis, madame? demandez-le à monsieur le marquis, nous allons bien voir s'il ose aussi me dire : Je ne vous connais pas.

LORRAIN, *bas à la Comtesse.*

C'est le beau-père!

MAURICE.

Oh! si, je vous connais bien, vous êtes Léonard... Léonard l'honnête homme... Mon père, je vous honore, mon père, je vous salue!

LÉONARD.

Alors, vous allez donc me rendre ma fille, que vous avez fait arrêter et conduire en prison.

MAURICE.

En prison? Françoise!

LÉONARD, *allant à la Comtesse.*

Oui, madame, il l'a fait enlever pour qu'elle ne pût dire à personne : le marquis de Salnelles, c'est mon mari; et pourtant v'là leur acte de mariage. Eh bien, si pour retrouver Françoise, il faut que j'oublie ce qu'elle m'a dit... je ne parlerai de rien, je ne sais rien... Non, cet homme, ce n'est pas Maurice, je le dirai à tout le monde; je le dirai même en justice s'il le veut... mais priez-le avec moi, madame, priez-le pour qu'il me rende ma fille.

MAURICE.

Relevez-vous, Léonard; vous ne voyez donc pas que moi, que vous accusez, je souffre autant que vous, et que M^me^ la comtesse à qui vous dites votre désespoir, ne peut en avoir pitié, car c'est elle qui a fait tout le mal.

LÉONARD.

Elle! Ah çà, vous entendez bien, madame, que je veux savoir où est ma fille?

LA COMTESSE.

Vous le saurez quand cet indigne mariage sera cassé.

LÉONARD.

Casser un mariage!... mais il n'y a que le bon Dieu qui ait ce pouvoir-là.

MAURICE.

Quelque part qu'elle soit, j'irai la réclamer.

LA COMTESSE.

Allez donc, si vous l'osez, la chercher au For-l'Evêque. (*Elle rentre.*)

LÉONARD.

Au For-l'Evêque!

MAURICE.

Qu'importe!... c'est au nom des Salnelles qu'on a obtenu une lettre de cachet contre ma femme... je vais l'invoquer à mon tour, ce nom, et puisqu'il a pu la faire prisonnière, je jure Dieu mon père qu'il la fera libre.

LORRAIN.

C'est une erreur, monsieur; l'ordre du lieutenant-criminel est précis et souverain; on ne vous la rendra pas.

JEAN-MARIE, *paraissant au fond et annonçant.*

Madame la marquise de Salnelles!

## SCENE VII.

LES MÊMES, FRANÇOISE.

LÉONARD, MAURICE, LORRAIN.

Françoise!

FRANÇOISE.

Oui, moi, qui viens ici bien décidée à faire respecter mon titre d'épouse et les droits de mon fils... Femme du peuple ou grande dame, je ne permettrai à personne de rougir de Françoise Léonard... Il n'y avait pas de tache à mon enseigne de marchande, il n'y en aura pas à mon blason de marquise!

LORRAIN.

Libre! comment se peut-il?

JEAN-MARIE.

Un bain de pied aux triste-à-pattes, un bain de siége au cocher, v'là la manière de s'en servir... Je vous laisse dans votre salon, madame la marquise. (*Désignant Lorrain.*) Je vais attendre monsieur dans l'antichambre. (*Il sort.*)

MAURICE.

Françoise! ma femme!... il est donc vrai, tu m'es rendue!

FRANÇOISE, *avec surprise.*

Comment, mon père est près de toi, et tu me dis cela avec bonheur, Maurice!

MAURICE.

Oui, avec bonheur..., je te le jure, Françoise... maintenant, on ne nous séparera plus!.. tu es ici chez toi!.. La persécution nous menace encore, mais je résisterai; je lutterai... j'en appellerai à la justice s'il le faut!

LORRAIN, *intervenant.*

A la justice?

FRANÇOISE.

Encore cet homme.

LORRAIN.

Savez-vous bien, monsieur, jusqu'où peuvent aller ses investigations? Tenez, ce que, grâce à votre imprudence, elle finirait par découvrir, autant vous le révéler pendant que nous sommes en famille... je ne vous laisserai pas perdre à la fois et votre honneur et ma fortune.

LÉONARD *et* FRANÇOISE.

Son honneur!

LORRAIN.

Vous prétendez que madame est ici chez elle... La justice, que vous voulez invoquer, vous prouvera qu'à l'hôtel de Salnelles vous n'êtes pas chez vous.

LÉONARD, FRANÇOISE, MAURICE.

Que dit-il?

LORRAIN, *à Françoise.*

Je dis, madame, que vous serez la première à vouloir sortir de cette maison... que vous-même vous demanderez la nullité de votre mariage... vous le ferez, madame; car vous ne voudrez pas que votre mari aille au bagne, que votre fils soit déshonoré!

MAURICE.

Toujours cette menace!

FRANÇOISE, *à Lorrain.*

Hein! de quoi parlez-vous? Je ne vous entends pas!.. je ne sais pas ce que vous dites...

LÉONARD.

Au bagne !... le mari de Françoise !... Pourquoi donc?

LORRAIN.

Parce que le nom qu'il porte ne lui appartient pas; parce qu'il n'est pas le marquis de Salnelles !

MAURICE.

Je ne suis pas le marquis de Salnelles?

LÉONARD.

Oh! il a volé son nom!..

FRANÇOISE.

Regardez-le... il ignorait tout, mon père!

MAURICE, *à Lorrain.*

Tu mens, infâme! tu mens!

LORRAIN.

Je voulais un marquis de Salnelles qui me dût tout et qui ne marchandât pas sa reconnaissance; vous étiez l'orphelin, l'enfant perdu qu'il me fallait. L'excès du malheur, beaucoup d'ambition vous rendaient faiblement crédule ; j'avais donc sous la main une argile obéissante... je n'ai eu qu'à modeler, et mon faux marquis s'est trouvé fait.

MAURICE.

Le testament de monsieur de Salnelles n'était-il pas authentique et vrai?

LORRAIN.

Oui.

MAURICE.

Sur ce testament, il reconnaissait pour son fils un orphelin élevé, sous le nom de Maurice, au collége de Rouen.

LORRAIN.

Il reconnaissait pour son fils un orphelin élevé sous le nom d'Armand, au collége d'Amiens... Je n'ai eu que deux mots à changer.

FRANÇOISE, *comme par souvenir.*

Armand! au collége d'Amiens?

MAURICE.

Oh! misérable!... Pourquoi m'as-tu trompé?... Pourquoi ne m'as-tu pas laissé mourir?

LÉONARD.

Mais qui nous prouvera que ce qu'il dit n'est pas encore un mensonge?

FRANÇOISE.

Non, mon père ; cette fois il ne ment pas.

LORRAIN.

Alors, madame, vous comprenez pourquoi j'ai dû tout avouer devant vous.

FRANÇOISE.

Oui, pour que je me taise, que je me résigne, que je sois votre complice; voilà ce que je dois faire, n'est-ce pas?

LORRAIN.

J'y ai bien compté.

FRANÇOISE.

Canaille!... Je ferai autre chose, pourtant... Maurice, quand je demandais à Dieu de me rendre mon mari, je ne lui demandais pas de me le ramener noble et riche, mais de me le ramener honnête homme... Maurice, relève la tête, car tu n'es pas le complice de ce misérable! Tu vas pouvoir tout restituer au véritable marquis de Salnelles; car, le véritable marquis de Salnelles, je le connais.

LORRAIN.

Vous!

LÉONARD *et* MAURICE.

Tu le connais?

FRANÇOISE.

Oui!... Armand, n'est-ce pas? élevé au collége d'Amiens... C'est bien cela! Tout ce que cet homme vient de m'apprendre pour me forcer à faire une infamie, je vais m'en servir pour rendre au pauvre orphelin le titre et la fortune qu'il lui avait volés.

MAURICE.

Ah! béni soit Dieu! c'est par toi, Françoise, que le crime devait être réparé.

LÉONARD.

Monsieur Armand!... C'était lui!... Oui, faut tout lui restituer!... V'là déjà ses six mille livres.

LORRAIN.

Restituer!... Peste! ce serait trop commode!... Non pas. (*A Maurice.*) Vous resterez ce que je vous ai fait, monsieur le Marquis... Je serai riche, ou la justice nous demandera compte à tous deux du passé.

MAURICE.

Tu me menaces de la justice!... Mais c'est moi, entends-tu bien, moi qui te traînerai devant elle!... Si Dieu les éclaire, les juges sauront bien distinguer entre nous.

LORRAIN.

Si je vous accuse, le même sort nous attend.

FRANÇOISE.

Il aura mon témoignage.

LÉONARD.

Et le mien.

LORRAIN.

La femme, le beau-père... On ne vous croira pas.

## SCÈNE VIII.

LES MÊMES, ARMAND, JEAN-MARIE.

ARMAND, *sortant de la bibliothèque.*

On me croira, moi !

LORRAIN.

Monsieur Armand !

ARMAND.

Oui, moi, Armand, le véritable marquis de Salnelles.

LORRAIN, *à part.*

Qui diable le savait là !

FRANÇOISE.

Vous affirmerez qu'il était innocent, n'est-ce pas ?

ARMAND.

Aussi vrai que vous avez été ma bienfaitrice, je serai son défenseur... Le seul coupable ici, le voilà !...

LORRAIN, *voulant partir.*

C'est une affaire manquée.

JEAN-MARIE, *lui barrant la porte.*

On ne passe pas !

LORRAIN.

Les galères !... Non !... (*Il saute par la fenêtre.*)

LÉONARD.

Hein ? sauvé !

JEAN-MARIE, *regardant à la fenêtre.*

Cassé !

FIN.



Paris. — Imprimerie de Mme Ve Dondey-Dupré, rue Saint-Louis, 46, au Marais.

www.ingramcontent.com/pod-product-compliance
Ingram Content Group UK Ltd.
Pitfield, Milton Keynes, MK11 3LW, UK
UKHW012045240726
13965UKWH00003B/1058